ullstein

Das Buch

Mit dem Fund des kleinen gelben ADAC-Spielzeugmotorrads befördert sich die Ratte Ede kurzerhand zum Pannenfahrer und wird prompt in eine Reihe von Ereignissen hineingezogen, die mit dem Tod des Bauern im Stall ihren Anfang nehmen.

Schon beim Versuch, den Kühen einen Mord zu erklären, stößt Ede an seine Grenzen. 24 Stunden stolpert die Ratte von einem Abenteuer ins nächste, bevor sie zurück auf dem Hof ist und zu guter Letzt auch den Tod des Bauern aufklären kann.

Der Autor

Benjamin Tomkins, Jahrgang 1965, lebte viele Jahre als Weltenbummler in Asien, Afrika, den USA und in Spanien, bevor er sich auf der beschaulichen Ostseeinsel Poel niederließ. Als Comedian und Puppenspieler hat er die renommiertesten Kleinkunstpreise Deutschlands gewonnen, unter anderem den Prix Pantheon.

»Tomkins ist nicht nur ein einzigartiger Puppenspieler, sondern auch ein exzellenter Geschichtenerzähler.« *(Kieler Nachrichten)*

BENJAMIN TOMKINS

Tote Bauern melken nicht

Kommissar Ratte ermittelt

Roman

Ullstein

Besuchen Sie uns im Internet:
www.ullstein-buchverlage.de

MIX
Papier
FSC FSC® C083411

Originalausgabe im Ullstein Taschenbuch
1. Auflage November 2019

Umschlaggestaltung: zero-media.net, München
Titelabbildung: © Getty Images / STOCK4B-RF
(Polizeimütze) und © FinePic®, München
Autorenfoto: © Daniela Vagt Fotografie
Gesetzt aus der Quadraat Pro powered by pepyrus.com
Druck und Bindearbeiten: CPI books GmbH, Leck
ISBN 978-3-548-06070-5

Für alle, die im Ernstfall Spaß verstehen,

und für

Sabine

VOR 3 WOCHEN AN EINEM DIENSTAG

Keiner der beiden Männer hatte die bedrohlich wirkende Ansammlung von Möwen bemerkt. Und selbst wenn, hätten sie sich wohl wenig Gedanken darüber gemacht, geschweige denn ihren Plan der weißen Flatterviecher wegen auch nur im Geringsten geändert.

Zu Hunderten saßen sie, wie steinerne Götzen, auf den Simsen und Sparren im morschen Dachgebälk. Sie beobachteten, lauschten und hielten dann und wann ihren Kopf schief, als ob sie genauer hinhören wollten, wenn die beiden Gestalten ins Flüstern gerieten, obwohl keine der Möwen Russisch sprach, geschweige denn verstand. Nun, das ist nicht ganz korrekt. Einer der weißen Seevögel verstand Russisch. Eine Silbermöwe von der Größe eines Truthahns mit mächtigen Schwingen und dem Brustkorb eines Bullterriers. Der Sitting Bull unter den gefiederten Fischdieben. Diese eine Möwe hatte etwas Mafiöses an sich, und es wäre nicht verwunderlich gewesen, hätte sie im nächsten Moment eine Maschinenpistole aus einem Geigenkasten hervorgeholt.

Jedenfalls war eine der beiden zwielichtigen Gestalten,

die in der Morgendämmerung im alten Hafenspeicher herumlungerten, den Möwen hinlänglich bekannt. Und zwar so bekannt, als würde sie unter Möwen steckbrieflich gesucht: Mathijes, der Erzfeind aller Möwen. Theodor Mathijes, Immobilienhai und skrupelloser Geschäftsmann.

Jede Hafenmöwe in Wismar kannte sein Gesicht, und keine ließ je eine Möglichkeit vorüberziehen, einen Möwenschiss auf ihm persönlich oder auch auf seinem Auto zu platzieren. Ein Treffer auf des Maklers Haupt war vergleichbar mit einem Skalp bei den Indianern im Wilden Westen, obwohl nie eine Möwe je einen Indianer zu Gesicht bekommen hatte noch wusste, wo der Wilde Westen lag.

Dass in diesem Moment nicht alle Möwen versuchten, auf den geschniegelten Kopf des Maklers zu scheißen, lag einzig und allein an dieser einen Mafiamöwe. Sitting Bull strahlte eine autoritäre Ruhe aus. Ein Vogel mit Charisma und Führungsqualitäten. Es hätte nur eines Flügelschlages seinerseits bedurft, und Mathijes und sein Begleiter wären mit heißer Möwenkacke regelrecht bombardiert worden. Aber jetzt galt es zu beobachten und so viele Informationen wie nur möglich zu ergattern.

»это должно выглядеть как несчастный случай«, sagte Mathijes leise, aber bestimmt.

Der andere nickte stumm. Sitting Bull saß regungslos im Gebälk des heruntergekommenen Hafenspeichers. Er hatte verstanden. Es musste wie ein Unfall aussehen.

01

DONNERSTAG, HEUTE

»Ich bin der Pannendienst!«, erkläre ich und zeige nicht ohne Stolz auf mein dottergelbes ADAC-Motorrad. Dann stutze ich. »Aber eine Leiche ...«, mein Blick ruht auf dem leblosen Bauern, »... ist keine Panne!«

»Für mich sieht das nach einer Panne aus«, entgegnet Dickeberta. Ihr glänzend schwarzes Maul zuckt irritiert.

»In diesem Zustand gleicht der Bauer eher einem Totalschaden«, antworte ich. »Irreparabel, sozusagen aus dem Verkehr gezogen!« Sachverständig betrachte ich den Gerinnungsgrad des Blutes, das vom Kopf in einer geraden Linie in den Holzbalken eingesickert ist. »Der hängt schon die ganze Nacht da!«, schlussfolgere ich.

Mein erster Panneneinsatz führt mich ausgerechnet in den Kuhstall am Salzhaff. Auch wenn ich als Ratte mit Gestank umgehen kann, so mag ich dennoch keine Leichen. Die haben was Lethargisches.

»Sieht ein bisschen aus wie ein nasser Sack in Latzhose.« Dickeberta vermeidet es, zu nah an den Bauern heranzutreten. Man kann nie wissen, ob so was ansteckend ist.

»Der ist hinüber!«, sage ich.

»Meinst du, der ist tot?«, schaltet sich Vollekanne ein.

»Entschuldige mal, der hat einen Nagel im Auge!«, bemerke ich mit Nachdruck.

»Wer nagelt denn den Kopf vom Bauern an den Balken?«, will Dickeberta wissen.

Die Namensgebung bei Kühen auf der Insel Poel ist kreativ und dennoch einfach gehalten. Allerdings entzieht es sich meiner Kenntnis, ob die Namensgebung von Kühen in anderen Regionen des Landes von dieser Verfahrensweise erheblich abweicht.

»Der Nagel steckt im linken Auge«, erkläre ich bei näherer Betrachtung des Toten. »Tja, Mädels, sieht so aus, als hättet ihr eine Leiche in eurem Stall.«

»Gehören Leichen nicht in den Keller?«, fragt Dickeberta verwirrt.

"Ist 'ne rhetorische Frage, oder?«

»Rhetorisch ...?«, murmelt sie vor sich hin. »Ist das nicht so was wie Liebe ohne Sex? Also Pedro liebt mich jedenfalls MIT Sex!«, konstatiert sie lautstark und wackelt demonstrativ mit ihrem ausladenden Hinterteil.

Unweigerlich springt mein Kopfkino an, und mir wird schlecht.

»Ist er tot?«, fragt Vollekanne erneut.

»Wer? Pedro?«

»Nein, der Bauer!« Sie sieht mich fragend an.

Ich schüttle fassungslos und entmutigt den Kopf und kratze mich am linken Ohr. Kann es wahr sein, dass ich am ersten Tag meiner Pannendienst-Selbstständigkeit bereits einen Mordfall aufzuklären habe? Ich muss gestehen, dass ich nicht ernsthaft mit Einsätzen gerechnet hatte, als ich mich mit dem Zufallsfund des gelben ADAC-Plastikmotorrades kurzerhand selbst zum Pannenfahrer ernannte. Natürlich bin ich kein offizieller Gelber Engel, aber das weiß ja schließlich niemand, und als Pannenfahrer habe ich doch gleich viel mehr Autorität auf dem Hof.

Die quietschgelbe BMW R100 hatte achtlos weggeworfen in der Gelben Tonne gelegen und quasi auf mich gewartet. Eine Wahnsinnsmaschine mit den beiden nach außen ragenden Zylindern. Eine neue 9-Volt-Blockbatterie – fertig.

Und jetzt stehe ich hier im Stall, autoritär und cool wie nie, und werde flankiert von zwei intelligenzallergischen Kühen.

»Das hier ist eine L e i c h e!«, betone ich übertrieben das letzte Wort.

Vollekanne glotzt mich an wie ein Dobermann beim Kacken. »Und?«

»Leichen sind von Natur aus tot!«, kläre ich sie auf.

Mittlerweile steht ein gutes Dutzend Milchkühe um den Balken herum und tuschelt.

»Was hat die Ratte gesagt?«, fragt eine Kuh mit braunen Flecken.

Sie ist wohl schwerhörig.

»Dass Leichen von Natur aus eher tot sind«, beeilt sich eine andere Kuh streberhaft nachzuplappern.

»Eher als was?«

»Gute Frage!« Die Streberkuh sieht mich an. »Eher tot als was?«

»Na, eher tot als lebendig«, winke ich ab und widme mich der Spurensuche.

Whisky, der Hofkater, kommt im Slalom durch die herumstehenden Kuhbeine gestiefelt und schmiegt sich ein paarmal an den einen oder anderen Kuhfuß, bis er vor der Leiche des Bauern zum Stehen kommt.

»Jep«, bestätigt er kopfnickend, während er sich nonchalant die Barthaare zwirbelt. »Der ist mausetot!« Sein rechtes Ohr steht nicht mehr ganz aufrecht. Eine Kriegsverletzung, wie er immer betont.

Der Kater ist der natürliche Todfeind einer Ratte, aber Whisky ist käuflich, das weiß jeder nördlich der Hauptstraße.

»Mit mausetot kennst du dich als Katze ja aus, oder?«

Als er mich bemerkt, duckt er sich. Jagdmodus aktiviert: die Ohren angelegt, seine Nackenhaare stellen sich auf, der Schwanz gleicht einer aufgeplatzten Seidenraupe.

»Was macht die Ratte hier in meinem Stall?«

»Ganz ruhig, Kumpel, ich bin nur der Pannenfahrer!«, antworte ich so gelassen wie ein Perserteppich. In Wahrheit steigt das Adrenalin wie heiße Lava in mir auf. Auch wenn Whisky käuflich ist, macht ihn das für mich nicht gänzlich ungefährlich.

»Pannenfahrer? Lächerlich!« Er winkt ab. »Und ich bin nicht dein Kumpel, Kumpel!« In seinen Pupillen scheint eine gelbgrüne Kobra auf Angriff zu gehen.

»Psst, Whisky«, beruhigt Dickeberta den aufgeregten Kater. »Diese Ratte hat ganz schön was drauf.«

»Ach ja?«, er mustert mich.

Ein gewisses Maß an Skepsis kann ich dem Kater nicht verübeln. Eine Ratte mit einem gelben ADAC-Plastikmotorrad sieht man schließlich nicht jeden Tag.

»Jede Wette: Ich bin ein besserer Pannenhelfer als diese Ratte!« Whisky plustert sich auf wie ein Spinnaker.

»Das hier ist keine Panne«, rufe ich theatralisch aus, »sondern ein Mord!« Und schon beschleicht mich der Gedanke, etwas zu dick aufgetragen zu haben.

Für einen Moment erinnert der Stall an die Wahlparty der FDP im Angesicht des Rausflugs aus dem Bundestag. Ein Aufschrei, gefolgt von aufdringlicher Stille, geht durch die Kuhgesellschaft.

»Mord?«, fragt gleich ein halbes Dutzend der Kuhdamen synchron.

Ich nicke.

»Pah!« Whisky kaut an den Krallen seiner Vorderpfote. »Mord? Dass ich nicht lache, wer sollte denn den Bauern umbringen?«

»Das werde ich schon noch herausfinden!« Ich blicke einmal langsam in die Runde. Lasse meinen Blick auf jedem Anwesenden für eine halbe Sekunde ruhen. Die Kühe untereinander werden plötzlich hektisch, sehen sich gegenseitig an, versuchen, ein so unbeteiligtes Gesicht wie möglich zu machen. Dickeberta spricht aus, was alle denken: »Wir haben da nix mit zu tun!«

Einzig der Kater schüttelt unbeeindruckt den Kopf. »Kommt hier auf einem Spielzeugmotorrad angetuckert und macht auf dicke Hose!« Er spuckt aus, und ich sehe dem Kater an, dass er darüber nachdenkt, ob er ein profitables Geschäft mit mir machen kann.

Ich versuche, ein wenig Ruhe in den Stall zu bringen. Es misslingt.

»Zu Beginn einer Mordermittlung ist eigentlich jeder verdächtig!«, versuche ich zu erklären. »Das heißt erst mal gar nichts.«

»Und zum Ende?« Vollekanne will es genau wissen.

»Zum Ende der ...«, ich kratze mich entnervt am Kopf, »... gibt es einen Täter!«

»Könnten wir dann bitte zum Ende kommen? Diese ganze Ermittlung regt mich zu sehr auf. Meine Milch könnte sauer werden.«

Binnen einer Sekunde schlägt die Stimmung im Stall von Unsicherheit in blanke Panik um. Ohrenbetäubender Lärm aus Wehgeschrei und Hufgetrampel lässt mein Trommelfell bersten.

»R – U – H – E«, schreie ich, doch keine der Kühe scheint mich zu bemerken. Ich versuche es ein zweites Mal – ohne Erfolg.

»Wenn es bei Kühen um ihre Euter geht«, sagt der Kater, lässig wie John Wayne an einem Pfosten lehnend, »dann bist du abgemeldet.« Er pfeift einmal kurz, aber energisch durch seine Zähne, sodass jedes einzelne seiner Schnurrhaare wie ein Wurfmesser nachvibriert.

Stille.

»Ich zeige dir mal, wie man eine Panne behebt!«, grinst er augenzwinkernd.

Alle Kühe starren Whisky an.

»Zeit zum Melken, meine Schätzelein!«, ruft er und lässt ein lang gezogenes »Miauuuuu« hören. Als ob da kein Bauer aufgespießt hinge und nichts gewesen wäre, drehen die Kühe ab, stellen sich brav, der Hierarchie folgend, vor die Melkgasse und begutachten neidisch die Euter der anderen. Schätzen mit zusammengekniffenen Augen, wie viel Milch wohl die andere heute geben wird.

»Du musst noch viel über Kühe und Pannen lernen«, schnalzt Whisky, springt mit einem Satz in die Melkgasse und setzt selbstsicher die Maschinerie in Gang. Das weiße Gold fließt sofort in Strömen durch die Schläuche. Weiter hinten können es die anderen Kühe kaum abwarten, an die Reihe zu kommen, und Vorfreude bei Kühen drückt sich in lang gezogenem, sonorem Muhen aus. Der Stall ist erfüllt von Kuhposaunen. Das Ansetzen der Melkbecher ans Euter löst offenbar spontane Orgasmen aus. Den Blick leicht verklärt, die Augen tranceartig nach hinten rollend, das Weiße im Auge aufblitzend. Das Maul entspannt sich. Zufrieden mit sich und der Welt, hängt manchen Kuhdamen selbstvergessen die Zunge lasziv zur Seite heraus.

Streichen Sie das Bild aus Ihrem Kopf und wenden wir uns wieder diesem Fall zu.

02

Ein altes Rattensprichwort sagt: »Wo eine Ratte ist, ist auch ein Weg«, oder so ähnlich. Ich denke, es soll die Rattentugend des »Sich-Durchbeißens« ausdrücken. Wir Ratten sind zäh und furchtlos. Um eine Ratte einzuschüchtern, muss man schon Batman sein, früh aufstehen oder in Bircher-Müsli gebadet haben. Ich bin zwar nicht der Chef im Rattenclan, aber die einzige Ratte mit einem Motorrad. Und das soll schon was heißen. Sie können sich vorstellen, dass natürlich alle neidisch sind und auch mal dieses Bike fahren wollen, das aussieht wie eine sonnenblumenfarbene Plastikente auf Rädern. Ganz im Vertrauen, aber das muss auch wirklich unter uns bleiben: Ich habe beim Anblick der Maschine in der Gelben Tonne sofort erkannt, welche Aufstiegsmöglichkeiten mir das bietet. Und zwar nicht nur innerhalb des Rattenclans. Eine Ratte auf einem Motorrad. Das verschafft Respekt, setzt Know-how voraus und macht mich als Junggesellen begehrenswert und rattenscharf. Mit einem Hobel unterm Hintern kannst du als Ratte alles werden. Mir war klar, dass ich das Ding im Clan nicht lange würde für mich behalten können und ein jeder dieses Bike würde fahren wollen, also griff ich zu einer List. Ich besorgte mir aus der Blauen Tonne einen alten Brief, löste die gestempelte Briefmarke ab und gab dieses gestempelte und gefaltete Altpapier als offizielles Dokument aus, das mich berechtigte, ein ADAC-Motorrad fahren zu dürfen.

»Alter, du hast ’nen echten Lappen!«, bekam ich anerkennend von meinen Rattenkollegen zu hören. Von da an ließen sie mich in Ruhe mit ihrem Wunsch, auch mal mit der Maschine durch die Gegend cruisen zu dürfen. Sowieso gab es ja erst mal das Problem, dass das Ding gar nicht fuhr. Aber ich bin ja nicht blöd, mir war sofort klar – die Maschine fährt mit Strom. Leicht war es nicht, eine 9-Volt-Blockbatterie zu ergattern. Zwei Einbrüche, Hausfriedensbruch und leichter Diebstahl gehen jetzt auf meine Kappe. Also legen Sie sich besser nicht mit mir an. Ich hab was aufm Kerbholz.

»Pass auf, Kajak«, lässt mich Whisky wissen, »wenn du hier auf dem Hof mit deinem gelben Töfftöff rumtuckern willst, dann kostet dich das was extra, is’ klar, oder?«

»Das heißt Kojak!«, verbessere ich ihn.

»Kojak, Kajak. Von mir aus kann es auch Kognak heißen. Mir schnuppe.« Er wedelt mit seinem Schwanz. Immer ein Zeichen, dass er es ernst meint und mit ihm nicht zu spaßen ist.

Im Umgang mit Katzen gilt eine eiserne Regel: Man muss mit Katzen pokern. Das ist das A und O. Und ich setze mein bestes Pokerface auf: das, das sogar einen Eiswürfel ins Schwitzen bringt.

»Wie viel?«, frage ich trocken, mache mir aber vor Angst fast in die nicht vorhandene Hose.

»Du bist mir was schuldig. Und ich löse die Schuld ein, wann immer ich es für richtig halte.« Er lacht fies.

Gerade will ich etwas erwidern, als Whiskys zerfetztes Ohr zuckt. »Es kommt jemand!«

»Es ist Martens, er kommt her!«, flüstert Dickeberta, während sie durch das Stalltor linst.

»Atemlos durch die Nacht« leise vor sich hin singend, betritt der schlaksige Hilfsarbeiter den Stall, schnappt sich eine Mistgabel und beginnt im Tempo fließenden Honigs mit dem Ausmisten der Stallboxen. Die Nacht war lang gewesen. Er war gemeinsam mit Ulrike, der Kellnerin von der Pizzeria, im Heuboden gelandet. Seine Gedanken kreisen immer noch um Ulrike. Sie hatte ein T-Shirt angehabt, das sich an ihrem Körper festgesaugt zu haben schien, so eng war es, und zwischen Stoff und Haut passte nicht mal Luft. Ihre Haut fühlte sich so weich wie eingecremtes Kuheuter an.

Er stolpert fast über meine Maschine. Ich sehe, wie er sich bückt, kopfschüttelnd das Motorrad hochhebt und auf einen Sims am Stalltor stellt.

»Haben hier etwa Kinder gespielt?«, murmelt er vor sich hin und steigt wieder in »Atemlos durch die Nacht« ein.

Ich verstecke mich hinter einem Pfosten. Überlege mir fieberhaft, wie ich das Bike wieder von dem Sims herunterbekomme, da schreit Martens: »Scheiße, Scheiße, Scheiße.« Er hält inne, beugt sich hinab, um der Leiche am Stützbalken ins Gesicht zu sehen, und fährt fort, »Scheiße, Scheiße, Scheiße« zu schreien.

Ich denke mir, auch wenn Martens' Vokabular für Ausnahmesituationen beschränkt anmutet, so hat er im Gegensatz zu den Kühen zumindest sofort gecheckt, dass der Bauer hinüber ist, aber im gleichen Augenblick stupst Martens den Bauern mit der Heugabel sanft an und fragt: »Bauer, ... bist du tot?« Gerade will er den Bauern ein zweites Mal anstupsen, da rutscht die Latzhosenleiche den Balken hinunter und bleibt regungslos wie Sperrmüll liegen. Das Auge baumelt an einer Muskelfaser am Nagel und guckt stur geradeaus. Martens lässt die Mistgabel fallen, ruft noch mal ein beherztes »Scheiße« und rennt aus dem Stall, während ich fassungslos auf meine Maschine in luftiger Höhe starre.

03

Jürgen Zwitschke stirbt schon seit Jahren an Gehirntumor, Herzinfarkt, Raucherbein, Kurzsichtigkeit und seit heute Morgen an Bauchspeicheldrüsenkrebs. Dass Zwitschke noch lebt, empfindet er selbst als ein Wunder, und obwohl er von Geburt an Nichtraucher ist und noch nie eine Zigarette auch nur angefasst hat, ist das Raucherbein immer noch nicht ganz vom Tisch, auch wenn ein halbes Dutzend Ärzte bis auf eine klitzekleine Krampfader an der Wade bisher nichts haben feststellen können. Zwitschke verbringt mehrere Stunden wöchentlich in Wartezimmern bei Ärzten, und zwar keinesfalls, um eine Krankheit auszuschließen, sondern vielmehr, um eine ernsthafte Diagnose zu erhalten. Er ist privat versichert, das ist eine Grundvoraussetzung für Hypochondrie. Und er ist Profi-Hypochonder. Man kann beinahe sagen, er hat Angst davor, eine Krankheit zu versäumen.

Als Hypochonder probt er permanent den Ernstfall, ist stets auf das Schlimmste vorbereitet. Nach einem Arztbesuch ist Zwitschke entweder maßlos enttäuscht oder zweifelt an der Qualifikation seines Arztes. Ein Arzt, der keine

Krankheit feststellt! Pah, was ist das denn für ein Arzt? Wo kämen wir denn da hin, wenn der Doktor der Ansicht ist, der Patient sei gesund? Es gibt Grenzen! Und so weit darf es nicht kommen!

Heute Morgen ist Zwitschke mit Verdacht auf Bauchspeicheldrüsenkrebs in Verbindung mit Blinddarmdurchbruch und Nierenversagen im städtischen Krankenhaus Wismar aufgenommen worden. Um bei den Fakten zu bleiben, ist es für Sie als Leser unerlässlich zu wissen, dass diese Diagnose das Ergebnis einer zwanzigminütigen Google-Recherche ist, und wäre Zwitschke nach diesen zwanzig Minuten nicht offline gegangen, hätte er wahrscheinlich noch Mumps, Hämorrhoiden und eine Schwangerschaft bei sich diagnostiziert. Im Krankenhaus kannte man ihn bereits, aber er brachte Geld, denn er bestand stets auf Chefarztbehandlung. So funktioniert das Gesundheitssystem eben, und an diesem Morgen bekommt Zwitschke die Patientennummer 413 zugeteilt, bevor es zu den unterschiedlichsten Untersuchungen geht.

04

45 Minuten später sind im Kuhstall mehr Menschen versammelt als sonst im ganzen Jahr.

Der Inselpolizist, begleitet vom Ordnungsamtsfritzen, der nur mitgekommen war, weil es sonst auf der Insel Poel gerade nichts zu tun gab und eine Leiche ungeteilte Aufmerksamkeit beim Feierabendbier im Inselhotel garantiert.

Die Bäuerin und Martens stehen am Stalltor. Ihr Gesicht bedeckt sie mit ihren Händen und wird für meinen Geschmack ein wenig zu persönlich vom Stallarbeiter getröstet. Ich vermerke Martens und Bäuerin mit einem Herzen und Fragezeichen in meinem Notizheft.

Zwei Polizisten in Zivil aus Wismar stapfen vorsichtig durch den Kuhstall, darauf bedacht, keinen Kuhdung an ihre Jack-Wolfskin-Schuhe zu lassen.

»Gibt nicht viele Spuren hier!«, sagt der eine, der mit seinem kleinen grauen Kinnbart aussieht wie eine magersüchtige Ziege.

»Wenn hier was war, dann ist das von den Viechern alles kurz und klein getreten worden!«, antwortet der andere, der die Autorität einer defekten Lichterkette ausstrahlt.

Die beiden Männer laufen langsam im Kreis um den Stützbalken mit dem toten Bauern herum und halten zwischendurch mehrmals an. Ich betrachte das Schauspiel, und wenn ich könnte, würde ich die beiden Freaks darauf hinweisen, dass man Reise nach Jerusalem mit Musik und Stühlen spielt.

»Warum haben Sie das Morddezernat gerufen?«, fragt der Ziegentyp den Inselsheriff.

»Na ja, der wird sich kaum selbst an den Balken genagelt haben.« Der Inselpolizist kratzt sich durch die Uniform seinen dicken Bauch.

Die Kriminalbeamten nicken.

»Wir hatten noch nie einen Mord auf der Insel«, staunt der Ordnungsamtstyp.

»Immer schön den Ball flach halten!«, unterbricht ihn der Ziegenbärtige. »Zwischen Selbstmord und Mord gibt es noch viele andere Todesmöglichkeiten.«

»Ach?«, zweifelt der ordnungsliebende Beamte.

»Menschen sterben an allem Möglichen: Unfälle, schwere Krankheiten und sogar an Grippe.« Der Kriminalpolizist zwirbelt seine Bartenden.

»Ich bin zwar kein Arzt, aber nach Grippe sieht mir das hier nicht aus.« Der Kerl vom Ordnungsamt schaut den Bauern herausfordernd an. »Eher nach Mord!«

Der andere Kripotyp schaltet sich ein. »Das wird alles die Gerichtsmedizin klären!«

Ich lausche dem Gespräch aufmerksam, während ich unter einem Häufchen Stroh hocke. Insiderinformationen sammeln, nenne ich das. »Gerichtsmedizin«, wiederhole ich leise. Als vernunftbegabte Ratte frage ich mich, wie Medizin helfen kann, einen Mord aufzuklären. Wer muss die Pillen denn dann schlucken?

In diesem Moment springt der Kater auf mich drauf und drückt meinen Kopf mit seinen ausgefahrenen Krallen ins Heu. »Hab ich dich!«

»Hey, Whisky. Ich bin's, die ADAC-Ratte!« Ich halte mir die Hände vors Gesicht und denke: »Hoffentlich tut es nicht so weh!«

Der Kater lässt von mir ab, haut mir noch kurz über die Ohren und grinst. »War nur Spaß!«

»Sehe ich so aus, als ob ich Spaß verstehe?« Ich atme noch ganz flach vor Aufregung.

»Du siehst aus wie ein saftiges Mittagessen.« Und mit einem hämischen Blick zur Fensterbank, wo das Motorrad immer noch steht: »Kann dein Bike eigentlich auch fliegen?«

Ich ignoriere seine Bemerkung.

Ein Leichenwagen rollt leise vor. Zwei Männer, deren üppige Statur ausgewachsene Walrossdamen wuschig machen könnte, steigen schwerfällig aus und bringen einen Aluminiumsarg mit.

Die Kripoleute haben genug gesehen und verlassen den Stall. Im Hinausgehen nicken sie den beiden Männern mit dem Alusarg zu.

»Gerichtsmedizin!«

»Alles klar!«, antwortet einer.

Hinter den Männern läuft gackernd ein halbes Dutzend Hühner in den Stall und sieht sich hektisch um. »Ist nicht wahr, den Bauern hat's erwischt«, gackert eine Henne, noch bevor sie die Leiche sehen kann. Die Neuigkeit hat sich auf dem Hof wie ein Lauffeuer herumgesprochen, und jetzt schaut jeder mal vorbei. Als Huhn hat man ja nichts Besseres zu tun, als täglich ein Ei zu legen, den Hahn ranzulassen und auf den Schlachter zu warten, um eine zweite Karriere als Suppenhuhn zu starten.

»Hab gehört, der ist *verordnet* worden«, weiß ein braunes Huhn und pickt aufgeregt im Stroh.

»Ermordet heißt das!«, ruft eine Elster, die sich auf dem Sims niedergelassen hat und diebisch das ADAC-Motorrad beäugt.

»Ach was, papperlapapp. Tot ist tot!«, erwidert ein braun gesprenkeltes Huhn. Es trägt eine Sonnenbrille und tastet sich mit einem Blindenstock vorwärts.

Die ganze Aufmerksamkeit der Elster gehört jetzt dem gelben Zweirad. Sie legt den Kopf leicht schief, glotzt das gelbe Ding auf zwei Rädern mit einem Auge an und behält mit dem anderen Auge die Szenerie im Blick.

»Du sollst nicht töten!«, wirft ein weißes Huhn in die Runde.

»Sagt wer?«, fragt das braune Huhn.

»Gott!« Die weiße Henne bekreuzigt sich.

»Na dann!« Das braune Huhn pickt weiter im Stroh, legt die Hühnerstirn in Falten, was ungefähr so aussieht, als ob ein Regenwurm Kniebeugen macht, und fragt beiläufig: »Wer ist denn eigentlich dieser Gott?«

An dieser Frage scheitern Gelehrte, Theologen und Wissenschaftler seit 2000 Jahren. Eine zufriedenstellende Antwort ist bis heute, Donnerstag 10 Uhr MEZ, noch nicht dabei herausgekommen. Wie soll das Huhn um die Sinnlosigkeit der Frage wissen?

»Gott hat das alles hier gemacht!« Zufrieden mit der Antwort, wendet sich das weiße Huhn wieder dem Stroh auf dem Fußboden zu.

»Dann sollten wir ihn fragen, ob er einen besonderen Grund dafür hat, hinter dem Stall so viel Mist zu machen«, sagt ein Huhn, dessen Stimme wie die von Bruce Willis klingt.

»Das geht nicht! Du kannst Gott nicht fragen.«

»Warum nicht? Ist er gerade verreist?«

»Nein, Gott verreist nicht!« Das Huhn räuspert sich. »Er ist unsichtbar.«

»Dann geht das natürlich nicht«, nickt das Bruce-Willis-Huhn.

Das braune Huhn sieht das weiße Huhn ganz lange an und nickt, um Wissen und Nachdenken vorzutäuschen, langsam mit dem Kopf. »So wie der Fuchs. Der kommt unsichtbar in unseren Stall, den hat noch nie jemand gesehen, und trotzdem wissen wir, dass er da ist!« Stolz wie eine Bratwurst mit Senf und Brot, hebt das Huhn die Brust.

»Nicht ganz«, schaltet sich das blinde Huhn ein. »Anders als beim Fuchs wissen wir nicht, ob es Gott wirklich gibt.« Der Kopf wankt hin und her, während es spricht. Ich muss an Stevie Wonder denken. »Aber ER sieht alles, hört alles, kann sich unheimlich viel merken, und ER weiß es!«

»Was?«

»Na, ES!«

Alle Hühner blicken das blinde Huhn an wie Dominosteine, die gerade umfallen. Die Frage der Fragen bei Hühnern: Was war zuerst da – Henne oder Ei?

»Egal, ob ER es weiß oder nicht, das mit dem Mist hinterm Stall hätte ER eleganter lösen sollen«, bekräftigt das braune Huhn.

»Den Mist machen die Kühe!«

»Vorsicht hier!«, schaltet sich Vollekanne ein. »Wir Kühe machen Milch!«

»Und Mist«, beharrt das weiße Huhn. »Mist und Milch fängt beides mit M an!«

Kühe und Hühner sind viel enger verwandt, als man gemeinhin angenommen hat. Zumindest kommen sie aus derselben Intelligenzecke.

Das weiße Huhn kratzt sich am Kopf. Es hat irgendetwas Wichtiges vergessen, weiß aber nicht mehr, was es war. Das Kurzzeitgedächtnis einer Legehenne arbeitet eher im Sekundentakt. Ich höre den Hühnern und Kühen nur noch mit einem Ohr zu, denn meine Konzentration gilt der Elster, die sich an meinem Bike zu schaffen macht.

»Verschwinde, das ist meine Maschine!« Ich hüpfe, unbeholfen wie ein ausgeschlagener Stoßdämpfer, ein paar Zentimeter in die Höhe. Ratten können weit, aber leider nicht besonders hoch springen. Ich sehe wahrscheinlich äußerst bemitleidenswert aus. Der Vogel bleibt vollkommen unbeeindruckt, wirft mir einen abfälligen Blick zu und sagt: »Da steht ADAC drauf!«

Ich bin mir sicher, der blöde Vogel hat keine Ahnung, was das bedeutet. »Genau deswegen gehört sie mir!«, behaupte ich kühn.

»Mein Schwager heißt ADAC, also gehört sie ihm.« Die Elster zeigt mir einen Vogel, kichert schrill wie eine rostige Fahrradklingel und macht sich am chromblitzenden Spiegel zu schaffen.

Die beiden Männer mit dem Aluminiumsarg haben das Schreien der Elster bemerkt. »Der Vogel hört sich an wie die Musik von dem Freak in der Gerichtsmedizin«, sagt der eine Bestattungsmitarbeiter. Seine Stimme piepst wie eine kastrierte Maus und passt so gar nicht zu seiner massiven Erscheinung.

Der andere nickt und lacht. »Vergiss nicht, auch das Auge einzupacken!« Seine Aussprache kann mit einer Sturmflut konkurrieren. Einer Speichelflut.

»Wäh, so was fass ich nicht an!« Der Erste hantiert ungeschickt an dem hängenden Auge herum, als die Elster das Ding, das da am Nagel baumelt, erspäht. Vergessen ist das Motorrad und das scheinbar wertvoll blitzende Chrom. Mit einem eleganten Flugmanöver, das nur ausgesuchte Air-Force-Piloten beherrschen, schießt das schwarz-weiße Vogelvieh mit angelegten Schwingen über die Köpfe der beiden Männer hinweg, schnappt sich mit dem scharfen Schnabel das Auge und landet punktgenau wie ein Helikopter mit seiner Beute im Dachgebälk.

»Pass doch auf, jetzt haben wir eine einäugige Leiche!«, schimpft er, dass der Speichel nur so spritzt. Er starrt auf die Elster im Dachstuhl und überlegt, wie und ob er das Auge wieder zurückholt.

»Scheiß auf das Auge, der Bauer hier braucht das Ding sowieso nicht mehr.« Der andere ächzt unter dem Gewicht der Leiche, die er in den Sarg hievt. Der Gürtel der Latzhose scheppert an der Metallkante des Aluminiumsarges. Aus der Hosentasche der Leiche klimpern ein paar Münzen sowie ein Schlüsselbund in den hohl klingenden Leichenkasten. Im einfallenden Strahl des Sonnenlichtes blitzt der Schlüsselbund kurz auf. Die Elster hält plötzlich inne. Sie legt den Kopf schief, scheint den ideellen Wert abzuwägen. Das ausgelutschte Bauernauge lässt sie achtlos fallen, stürzt sich wie ein kampfbereiter Düsenjäger auf den Sarg und schnappt sich den Schlüssel. Wie ein alter Flummi kullert der Augapfel über den Stallboden in meine Richtung und bleibt leicht zerdrückt vor mir liegen. Irgendwie habe ich das Gefühl, der Bauer starrt mich durch sein lebloses Auge aus dem Jenseits an. Klagend und fordernd zugleich. Ganz weit hinten in den staubigen, schlecht belüfteten Kammern meines Gehirns höre ich geisterhaft seine Stimme. »Jetzt liegt's an dir!«

Mir läuft ein eisiger Schauer über den Rattenrücken. Oder bilde ich mir das Ganze ein? Ich muss zugeben, der Anblick eines körperlosen Auges, das an eine verschimmelte, mit Frischkäse gefüllte Kirschtomate erinnert, irritiert mich. Ich wische den Gedanken weg und konzentriere mich wieder auf mein Motorrad, während ich die beiden Mitarbeiter des Bestattungsunternehmens aus den Augenwinkeln beobachte und ihnen zuhöre.

»Mann, Mann, Mann. Erst das Auge, jetzt sein Schlüssel. Wenn du nicht aufpasst, verlieren wir noch die ganze Leiche.«

»Was kann ich dafür, dass dieser Adler hier herumflattert!«, streiten sich die beiden Bestattungsmitarbeiter.

»Der Adler ist ein Rabe, du Trottel!« Dicke Spucketropfen begleiten seine Worte.

»Und wenn's der Kaiser von China wäre, was kann ich dafür?«

Die beiden sind ornithologisch absolute Nieten, und ich nehme mir vor zu überprüfen, ob der Kaiser von China fliegen kann, als der eine meine Maschine auf dem Sims am Scheunentor entdeckt.

»So was hatte ich früher auch mal!«, piepst er und schwelgt in Erinnerungen. Er nimmt mein Motorrad und hält es wie eine Trophäe in den Händen.

»Vergiss dieses Spielzeugdings, und hilf mir lieber, den Sarg zu schließen! Diese blöde Leichenstarre!« Er flucht bei dem Versuch, den Arm des Bauern anzuwinkeln. Steif ragt er aus dem Sarg heraus, als wollte er seinem Stall zum Abschied winken.

Vollekanne blickt betrübt herüber. Wie oft hatte sie den Bauern getreten, wenn er seine kalte Hand an ihr Euter gelegt oder mit der flachen Hand auf ihren Kuhhintern geklatscht hatte?

»Ich glaube, er winkt noch zum Abschied«, sagt sie zittrig.

»Kann sein, aber der winkt schon seit Minuten«, entgegnet Dickeberta.

Jetzt glotzt die ganze Kuhherde in Richtung des starren Arms.

»Ist das normal, so lange zu winken?«

»Keine Ahnung!« Vollekanne zuckt mit den Schultern. »Ich war noch nie tot.«

»Tot sein sieht ganz schön anstrengend aus!«, sagt eine Kuh von hinten.

»Wohin bringen die den Bauern denn?«

»Ich glaube, der kommt jetzt in den Himmel«, antwortet Vollekanne.

»Kommt er uns denn noch mal besuchen?«

»Nee, der Himmel ist, glaube ich, richtig weit weg.«

»Weiter als Wismar?«, staunt Vollekanne.

Mit aller Gewalt drückt der Typ vom Bestattungsunternehmen den Arm des Bauern in den Sarg und klemmt ihn ein.

»Jetzt winkt er nicht mehr! Ich glaube, jetzt bin ich in Trauer«, seufzt Vollekanne.

»Ich auch«, stimmt Dickeberta ein und fügt hinzu: »Na dann, auf zum Leichenschmaus!«

Die Herde trottet im Gänsemarsch aus dem Stall hinaus auf die saftigen Wiesen.

Ich blicke den wackelnden Kuhärschen hinterher und denke mir: Wie schön muss Unwissenheit sein! Mit dem anderen Ohr höre ich den beiden Typen zu, die den Bauern in den Alusarg stopfen.

»Jetzt reicht's. Komm schon.« Genervt und kopfschüttelnd geht der Sabbernde zu seinem Kollegen, reißt ihm meine gelbe Maschine aus den Händen und wirft sie achtlos zu dem toten Bauern in die Kiste. »Dann nimm dieses Ding halt mit, aber jetzt ran an den Sarg!«

Fassungslos und mit offenem Rattenmund stehe ich da und sehe zu, wie der Aluminiumsargdeckel sich schließen und im nächsten Augenblick mein Motorrad verschlingen wird. Ich habe nicht viel Zeit zu überlegen. Jetzt muss es schnell gehen. Einfach nur zuzusehen ist was für Loser. Und ich bin kein Loser, ich bin ein Winner, ein Macher, ein Ermittler. Jedenfalls rede ich mir das eindringlich ein. Das weiße Huhn kommt auf mich zu und gackert irgendetwas mir völlig Unverständliches. Ich winke ab und lasse das Huhn links liegen, sprinte wie ein angestochener Ferrari über den Strohboden, mache drei lange Sätze und schlüpfe gerade noch in den Sarg, bevor der Deckel dumpf zufällt.

Dunkelheit.

Dunkelheit und ein übler Geruch, den ich dem toten Bauern und den Hinterlassenschaften in seiner Latzhose zuschreibe.

Ich taste mich umher, versuche, mein Motorrad zu finden. Erst jetzt, als ich bemerke, wie der Sarg angehoben und in den Leichenwagen geschoben wird, ist mir klar, in welche Situation ich mich gebracht habe.

Ohne die geringste Ahnung, wohin der Leichenwagen fährt, sitze ich in dieser dunklen Kiste mit dem einäugigen toten Bauern.

Ich denke wieder an seine Stimme: »Jetzt liegt's an dir.«

Ich schüttle mich, und der Ton verschwindet aus meinem Kopf. Jetzt gilt es, Ruhe zu bewahren und nur an den nächsten Schritt zu denken.

Das weiße Huhn guckt dem Leichenwagen irritiert hinterher und murmelt: »So ein Mist, ich wollte dieser Ratte doch noch etwas Wichtiges sagen.«

05

Der schwarze Bestattungswagen fährt, vorbei am alten Traktor des toten Bauern, über den holprigen Hof davon. Die Piepsstimme sitzt am Steuer und denkt an das gelbe ADAC-Motorrad.

»Wohin?«, fiepst er.

»Gerichtsmedizin. Haben die beiden Polypen aus Wismar gesagt.« Knallend streift der andere sich die Gummihandschuhe ab und wischt sich akribisch die Hände mit Desinfektionstüchern sauber.

»Immer machst du das. Wir tragen doch diese Hygienehandschuhe!«, schüttelt der Fahrer verständnislos den Kopf.

»Der Tod ist hartnäckiger als Herpes«, antwortet der andere.

»Mag sein, aber Herpes hast du immer wieder. Tot bist du nur einmal. Das ist nicht ansteckend!«

»Ich gehe jedenfalls kein Risiko ein«, er zerknüllt die Desinfektionstücher und stopft sie in die alte McDonald's-Tüte im Fußraum.

»Du solltest dich damit abfinden …«, fügt er ernsthaft,

fast philosophisch, hinzu, »... dass du den Tod in deinen Genen hast!«

Schweigend verbringen sie den Rest der Fahrt, bis kurz vor der Gerichtsmedizin der Spuckende den Kopf hebt.

»Ich glaube, du hast recht!«

Sein Kollege sieht ihm in die Augen. »Mit was?«

»Der Tod. Wahrscheinlich hast du recht, und der Tod ist wirklich nicht ansteckend ...«, er nickt und fühlt sich für einen Moment wie Sokrates persönlich, »... aber dafür erblich«, beendet er seine Gedanken.

Stumm nickend lenkt der Fahrer den Wagen auf den Parkplatz und seine Gedanken zu dem kleinen ADAC-Plastikmotorrad hinten im Sarg.

Während der Fahrt klettere ich im Dunkeln umständlich über die Leiche des Milchbauern und ertaste schließlich, halb in seiner Achselhöhle liegend, meinen gelben Hobel. Ich schalte die Zündung ein. Die Batterie ist noch ausreichend geladen, ein Spiegel scheint abgebrochen, mehr kann ich im Dunkeln nicht erkennen. Ich mache das Licht an. Im Scheinwerferkegel ist der Arm des Bauern, der steif wie eine Rampe zum Sargdeckel hinaufragt, zu erkennen. Das könnte eine Möglichkeit sein. Ich bemerke, wie der Wagen stoppt, höre die Türen knallen. Die Heckklappe wird geöffnet, der Sarg auf der Schiene herausgerollt. Ich muss versuchen, das Gleichgewicht zu halten, daher setze ich mich auf meine BMW. Licht aus. Das Überraschungsmoment zu nutzen ist die Devise. Die beiden Männer heben den Sarg an. Ich halte mich am Lenker fest. Zum Glück liegt die Maschine in einem Winkel in der Achselhöhle der Leiche, der es mir ermöglicht, mich festzuhalten, ohne das Motorrad auch noch abstützen zu müssen.

• • •

Wie zwei große Rosinenbrötchen, aufgespießt an den Enden eines Kleiderbügels, sitzt der Kopfhörer auf Theos Kopf. Über Bluetooth grölen die »Dead Kennedys« auf seine Ohren. Er schlurft in Sneakers, die aussehen, als hätte ein Schwarm Piranhas daran geknabbert. Sein gebeugter Gang erinnert an eine rappende Taube. Augen und Stirn unter dem schwarzen Kapuzenpullover verborgen, über dem ein zwei Nummern zu großer algengrüner Kittel hängt, schiebt er einen Aluminumrollwagen vor sich her. Im Mundwinkel glimmt, wie der Rest einer Lunte, ein schmaler, zusammengedrückter Joint. Er sieht die Bestattungstypen schon von Weitem. Irgendwie erinnern ihn die Typen an Dick und Doof, nur dass keiner von beiden dünn ist.

»Jungs!« Es klingt mehr nach einer Feststellung als nach einem Gruß. Mehr gibt der schlaksige Punk mit den tätowierten Händen nicht von sich. Die »Dead Kennedys« arbeiten sich durch seinen Gehörgang.

Dick und Doof sehen sich angewidert an. Der Freak riecht immer so süßlich und ist beiden irgendwie nicht geheuer.

Wenn man Theo sieht, denkt man unweigerlich an einen Perversen, der sich den Beruf in der Leichenhalle absichtlich ausgesucht hat, aber man findet eben nicht viele Typen, die in der Gerichtsmedizin jobben wollen. Sie ist in der Pathologie des Krankenhauses untergebracht. Leichen annehmen, den Zettel an den kalten großen Zeh binden, die Toten in die Kühlkammern stecken und bei Bedarf dem Gerichtsmediziner bei der Autopsie zur Hand gehen. Bedarf an Autopsien gibt es allerdings sehr selten. Gerichtsmediziner in Wismar zu sein ist ein Easy-Peasy-Job, denn bei den allermeisten Toten gibt es keinen Zweifel an der Todesursache, womit die ganze Arbeit an Theo hängen bleibt.

»So was ist abartig!« Der Fahrer des Volvos schüttelt den Kopf.

Theo sieht den Typen fragend an und setzt sich den Kopfhörer in den Nacken. »Hä?«, fragt er im gemeinhin üblichen Punkerjargon.

»Kannst du den Toten nicht wenigstens ein bisschen Respekt entgegenbringen?«, beschwert sich die Piepsstimme und rückt demonstrativ seine graue Krawatte zurecht. »So wie DU aussiehst«, ereifert er sich, »würde ich mich zu Tode erschrecken, wenn du meinen Sarg öffnest.«

»Alter«, antwortet Theo. Er zieht die Silben wie geschmolzenen Pizzakäse. »So wie DU aussiehst, würde ich mich zu Tode erschrecken, wenn ICH DEINEN Sarg öffne!« Er nimmt den letzten Zug aus seiner Selbstgedrehten und lacht beim Ausatmen. Die Haschischwolke bläst er direkt in die Gesichter von Dick und Doof.

»Arschloch!« Es klingt nicht wirklich böse mit dem Mäusestimmchen. »Ich werd dir gleich …«

»Hör auf, und lass uns hier verschwinden!«, schaltet sich sein Kollege ein. »Vielleicht ist der ansteckend.« Er sieht den

Punk abschätzend an und wünscht sich seine Hygienehandschuhe herbei.

Theo wischt sich mit dem Handrücken über die Stirn. Die Speichelfontäne des Dicken hat ihn getroffen.

Sie wuchten den Alusarg auf Theos Rollwagen und lassen sich den Empfang quittieren.

»Jungs!«, stellt Theo erneut nüchtern fest, tippt sich an die Kapuze, setzt die Kopfhörer wieder auf und dreht den Rollwagen wie ein Schiff auf dem Teller, bevor er mit dem Sarg den neonbeleuchteten Gang davonschiebt.

• • •

Ein paar Minuten später ärgert sich der Fahrer des Leichenwagens.

»Jetzt hab ich mein Motorrad im Sarg vergessen.« Er haut mit der flachen Hand aufs Lenkrad. »Nur wegen diesem Spinner!«

»Der Spinner ist wahrscheinlich ansteckend!«

»Bei dir ist aber auch alles ansteckend, sogar Geburtstag, oder?«

Er denkt nach und nickt. »Genau, kaum hat einer Geburtstag, garantiere ich dir, hat kurz darauf ein anderer auch Geburtstag.«

»Du bist doch …«, die Piepsstimme stockt, »krank im Kopf! Dagegen kann man anscheinend nichts machen!«

»Doch!« Sein Kollege streift sich die Hygienehandschuhe über. »Immer diese Dinger tragen!«

Zur gleichen Zeit in der Leichenhalle rollt Punk Theo

den Aluminiumsarg auf eine Schiene, um ihn in die Kühlkammer zu fahren. Vorher noch den Zettel mit dem Barcode ausdrucken und an den großen Onkel binden. Mittlerweile pressen die »Sex Pistols« ihre aggressiven Gitarrenriffs in sein Gehirn.

Ich sitze auf meinem Hobel in der Achselhöhle des Bauern und lauere auf den Moment, wo sich der Deckel öffnet. Die Zündung ist auf ON. Meine Pfoten umschließen den Gasgriff. Jetzt muss meine kleine dotterfarbene BMW zeigen, was in ihr steckt.

Theo fädelt den Kabelbinder durch das rechteckige Etikett und fummelt das Gummibändchen daran.

Ich höre, wie er sich am Sargdeckel zu schaffen macht, den kleinen Bolzen zur Seite schiebt. Der Deckel hebt sich langsam, eine Lichtlanze stößt herein. Wie eine scharfe Injektionsnadel sticht sie in meine Augen. Jetzt oder nie. Ich blinzle, kneife die Augenbrauen zusammen, drehe den Gasgriff voll auf: Der Elektromotor brummt, als ob eine wütende Hornisse im Tank sitzt. Es dauert eine halbe Sekunde, bis der Hinterreifen in der Achselhöhle greift, dann schießt der gelbe ADAC-Blitz summend den toten Arm entlang und hüpft über den Ellenbogen nach draußen. Der Hinterreifen taucht kurz an der Schwelle zum Sarg ein und setzt dann zum Sprung über die Kante an. Für einen Moment bin ich James Bond. In mir sprudelt das Adrenalin. Ich fühle mich wie ein frisch gezapftes Bier. Vor Aufregung, aber auch von Angst getrieben, schreie ich ein schizophrenes »Geronimo« hinaus. Etwas anderes fällt mir in dieser Situation nicht ein.

Ich bin selber überrascht. Dunkel erinnere ich mich, gehört zu haben, dass die Indianer diesen Schrei in der Schlacht riefen. Es tut gut, die Anspannung lässt nach. Euphorisch brülle ich ein weiteres »Geronimo« hinaus, als ich im Flug erkenne, dass ich mitsamt meinem Bike punktgenau in dem Abflussgitter der gefliesten Leichenhalle landen werde. Ich reiße den Lenker herum in dem Versuch, mein Gewicht zu verlagern. Vielleicht schaffe ich es.

»Shit!« Schon bereue ich, »Geronimo« geschrien zu haben. Das wird eine Bruchlandung. Mein Hinterreifen bleibt schmatzend im Abflussgitter stecken. Die Hornisse im Tank übergibt sich, und ich fliege in hohem Bogen kopfüber von der Maschine.

»Scheiße! Verdammte Kacke!«, fluche ich und probiere aufzustehen. Mein Bein schmerzt, zwei Barthaare sind abgebrochen, und ich habe eine Schramme am Ohr.

Meine BMW klemmt im Gullygitter, steht aber mit dem Vorderrad leicht in der Luft. Sieht so aus, als hätte ich rückwärts in einem Fahrradständer geparkt. Ich bete, dass nicht allzu viel kaputt ist, habe aber wenig Hoffnung. Dass Sie mich nicht missverstehen. Wenn ich sage, ich bete, dann bete ich nur so. Also nicht zu Gott, denn Ratten sind von Natur aus Atheisten. Im Grunde genommen bete ich zum Schicksal, beschwöre den Zufall, bitte das Glück. Es gibt keinen Rattengott, kein höheres Wesen, keine alte weise Ratte mit Rauschebart auf einer Wolke mit goldener Harfe und Heiligenschein, der wir unser Leben anvertrauen. Als Ratte musst du dich durchbeißen, sonst bist du verloren. Tot. Wie der Bauer. Deswegen nehmen wir unser Leben selbst in die

Hand, wir trödeln nicht, so wie Katzen zum Beispiel. Haben Sie jemals eine Ratte gesehen, die genüsslich alle viere von sich streckt und in der Mittagssonne ein Schläfchen macht? Nein. Wir Ratten sind immer bereit. Immer auf dem Sprung. Wir nutzen jede Minute unseres Lebens. Keine Zeit verschwenden. Und vor allen Dingen: niemals aufgeben. Also rappele ich mich humpelnd auf, zupfe mir, so gut es geht, das Fell glatt, ignoriere mein zerfetztes Ohr und verschaffe mir einen Überblick.

Theo steht da wie doof. Ein leerer Kleidersack hat mehr Haltung. Seine Kinnlade hängt herab, erinnert an einen abgebrochenen Klappstuhl. Der Kopfhörer hängt lose um seinen Hals, und die Augen ploppen wie Popcorn hervor. Er schüttelt sich, kneift sich kurz und zieht für einen Moment in Erwägung, das Kiffen sein zu lassen, verwirft den Gedanken aber sofort wieder. Eine Ratte auf einem gelben Plastikmotorrad springt in einem hohen Bogen aus dem Sarg, legt einen ausgewachsenen Cobra-9-Stunt hin, fliegt in hohem Bogen von seiner Maschine und humpelt dann zurück zu dem gelben Bike.

»Alter, krasses Zeugs!«, sagt Theo zu sich selbst. So einen Flash hatte er noch nie von einem Joint.

Theo macht keine Anstalten, sich zu bewegen, also schleppe ich mich hinüber zu meinem Hobel. Das Hinterrad scheint eine doppelte 8 zu haben. Also eine 16, aber so genau weiß ich das nicht. Das Rücklicht hängt unmotiviert vom Kotflügel herab. Am Tank klebt etwas getrocknetes Blut, wahrscheinlich vom Bauern. Bei näherem Hinsehen erkenne ich in dem Blutfleck die Form eines Syltaufklebers.

Das Schlimmste aber ist die Batterie, die seitlich verschoben unter der Sitzbank hervorlugt. Zwei Kabel schauen wie neugierige Regenwürmer hervor. Das eine Ende abgerissen, das andere verschmort.

»Alter, du fährst das Ding?«, fragt Theo wie besoffen und reibt sich die Augen.

Ich sehe ihn an. Als er seine Kapuze abnimmt, kommt ein roter Schopf zum Vorschein. Er lacht. Hysterisch und ungläubig. Unsere Blicke begegnen sich. Ich wende mich nicht ab. Schaue ihn weiter an, ohne zu blinzeln. Das habe ich aus einem Western.

Wer zuerst blinzelt, hat verloren.

Er verliert nach nur wenigen Sekunden, wahrscheinlich kennt er das Spiel nicht. »So ein Loser«, sage ich halblaut. Mehr zu mir selbst als zu ihm.

»Hast du was ...«, er stockt und schluckt aufgeregt. »Hast du eben ..., hast du da eben was gesagt?«

Der coole Punk verliert gerade die Fassung. Er ist kurz davor, sich einzunässen.

06

Um es gleich vorweg zu sagen: Ich habe immer geglaubt, ein Gelehrter, ein moderner Einstein, so etwas wie ein zoologischer Dr. Freud, würde als erster Mensch uns Tiere verstehen. Jemand mit philosophischem Tiefgang, strotzend vor Intelligenz, Ethik und Anstand. Eine Mischung aus Julian Assange, Barack Obama und Dr. Doolittle. Dass es ein bekiffter Punk mit Armen, die an vollgekritzelte Notizzettel erinnern, ist, darauf bin ich einfach nicht vorbereitet. Für meinen Geschmack versprüht Theo den Esprit einer abgestandenen Cola. Seinen Intelligenzquotienten würde ich eher im dritten Untergeschoss ansiedeln.

Er starrt mich an.

Ein bisschen Speichel rinnt an seinen Mundwinkeln herab. Einen Augenblick lang überlege ich, ob ich ihn darauf hinweisen soll, entscheide mich aber dagegen.

Der erste verbale Kontakt zwischen Mensch und Tier.

Ein monumentales, sogar epochales Ereignis, sollte eher so in der Art »wir kommen in Frieden« beginnen. Keinesfalls aber mit einer Belehrung über gute Manieren.

Der Speichelfaden wird länger. Ich kann nicht mehr an mich halten.

»Du hast da was am Mundwinkel.« Ich hebe meine Pfote und zeige auf die betreffende Stelle.

Er schnallt's nicht, gafft mich weiterhin wie ein eingefrorener, dümmlich grinsender Punk-Ötzi an.

»Alter, das glaubt mir keine Sau!« Er macht nicht den Eindruck, als spräche er mit mir. Hört sich eher nach einem Selbstgespräch an.

Der Punk macht keine Anstalten, sich zu bewegen, also beginne ich, ihn zu ignorieren und mich um mein Bike zu kümmern. Als Erstes muss der Hinterreifen befreit werden. Ich sitze auf, versuche, die Zündung zu aktivieren. Fehlanzeige. Sie ist schweigsam wie eine Qualle. Also probiere ich es mit Muskelkraft. Mehrmals hintereinander. Keine Chance. Ich speichere in meinem Großhirn ab, dass ich mich nach Fitnessstudios in meiner Nähe umsehen muss. Von Stromkreisen und Sicherungen verstehe ich nicht wirklich viel, aber die Batterie sieht irgendwie durchgebrannt aus. Langsam beginne ich zu ahnen, dass dies höchstwahrscheinlich das Ende meiner Bikerkarriere sein wird. Selbst wenn ich die BMW aus dem Gitter befreien könnte, so ist das Problem der verschmorten Batterie längst nicht gelöst, und am schlimmsten sind die abgebrannten Kabel, die wie verschimmelte Spaghetti unter dem Sitz hervorlugen. Das zu reparieren wird auch mittels Google oder YouTube-Anleitungen nichts.

Theo steht immer noch da. Sogar ein Schirmständer

wirkt agiler. Mittlerweile geht mir seine akute Reaktionsarmut auf den Sack.

»Willst du hier noch länger herumstehen? Vielleicht machst du dich ja mal nützlich!« Ich winke ihn heran.

»Alter, das ist krasser Scheiß!« Er sieht sich um, beginnt, sich aus seiner Lethargie zu befreien. »Das ist doch hier versteckte Kamera?« Er blickt in jede Ecke, späht in die Lüftungsschlitze an der Decke und checkt die Fenster in den Türen. »Ihr könnt rauskommen. Ist okay. Ihr habt gewonnen! Ich bin überrascht.« Theo spricht in die Luft, redet sozusagen mit dem Off.

Keine Ahnung, was er da quasselt, aber ich verstehe, dass von dem tätowierten Totengräber keinerlei Hilfe zu erwarten ist. Andererseits geht von ihm keine Bedrohung aus, die mich dazu bewegen könnte, vorsichtig zu sein oder Angst zu haben.

Menschen reagieren im Allgemeinen eher allergisch und hysterisch auf uns Ratten und versuchen, uns direkt nach Sichtung totzutreten, mit Gegenständen zu bewerfen, durch kreissägeartiges Kreischen zu vertreiben oder Rattengift auszustreuen. Von daher begegnen wir Menschen von Natur aus eher mit gemischten Gefühlen. So würde man das jedenfalls diplomatisch ausdrücken.

»Du bist echt, oder?«, beginnt Theo langsam zu begreifen und sieht mich neugierig und ungläubig an.

»Echt und in der Klemme!« Ich entscheide mich spontan, dem Freak gegenüber ehrlich zu sein.

»Ratten können doch überhabt nicht sprechen!« Theo wischt sich den Schweiß von der Stirn.

»Ratten können so ziemlich alles!« Ich steige von meiner Maschine. »Allerdings muss ich zugeben, dass ein Bike wieder flottzumachen nicht dazugehört!«

Theo starrt abwechselnd mich und meine BMW an.

»Seit wann fahren Ratten Motorrad?«

»Und seit wann tragen Männer die Frisur eines Hahns?«, entgegne ich.

Pause.

Er sieht mir direkt in die Augen. Dann entlädt sich seine Überraschung in einem fast schon hysterischen Lachen, bevor er nach einigen Minuten wieder die Fassung erlangt.

»Okay, Alter, ich weiß zwar nicht, was hier gerade passiert, aber ich find's supergeilomat.« Er setzt sich zu mir und meiner BMW auf den Fliesenboden. Mit zwei Fingern streicht er fast zärtlich über die Sitzbank meines Bikes.

»Das Ding ist hinüber!«, sage ich nicht ohne Wehmut.

»Da lässt sich bestimmt was machen!« Theo streckt seinen Zeigefinger aus. Will mich berühren. »Darf ich dich mal anfassen?«, fragt er.

»Hast du irgendeinen Fetisch, oder so?« Ich weiche ein paar Zentimeter zurück.

Er lacht. »Keinen, der Ratten mit einschließt.«

»Und ADAC-Spielzeugmotorräder?«, will ich wissen.

»Alter, natürlich nicht. Für was hältst du mich?«

Auf diese Frage will ich lieber nicht antworten, um die zarten Triebe unserer sich anbahnenden Beziehung nicht zu zerstören. Ich entschließe mich, dem Freak zu vertrauen, und trete wieder ein paar Zentimeter vor. Sein Zeigefinger muss sich nur noch ausstrecken.

Etwas ängstlich berührt er zuerst mein struppiges Fell, dann streicht er mir über den Rücken.

»Du bist 'ne echte Ratte!«, staunt er. So ganz kann Theo es immer noch nicht glauben und schüttelt verträumt den Kopf.

»Natürlich bin ich echt, was hast du erwartet? Eine Playmobilfigur?«, entrüste ich mich.

»Hast du einen Namen?« Theo macht diese intelligenzbefreite Geste, die Missionare im 17. Jahrhundert in Afrika erfanden: Er tippt sich mit der Handfläche an die Brust.

»Ich bin Theo!« Er streckt mir seine Hand entgegen. »Du bist …?« Er wartet, sieht mich fragend an.

»Alter, sehe ich aus wie 'n Spacko?«

Ich hoffe, er will nicht noch Glasperlen tauschen oder so. »Sprich in ganzen Sätzen mit mir!«

Er entschuldigt sich rasch, grinst entwaffnend. »Ich«, verkünde ich nicht ohne ein wenig Stolz in der Stimme, »ich heiße Ede!«

»Wofür ist das die Abkürzung?«

Seit meiner Geburt werde ich andauernd gefragt, wofür Ede steht! Kann man nicht einfach nur Ede heißen?

»Das ist die Abkürzung für Edeka«, antworte ich ernsthaft.

»Nee, jetzt reicht's. Hier ist doch irgendwo 'ne versteckte Kamera!«, ruft er und sieht sich wieder um.

07

Das Spieleparadies funkelt und strahlt wie eine Jahrmarktsbude. Farben, von denen ich gar nicht wusste, dass es sie gibt. Ich sitze in Theos Jackentasche und staune mit offenem Mund, während der Punk schnurstracks zu den Spielzeugmotorrädern marschiert. Ihm ist nicht ganz wohl bei dem Gedanken, in einem Spielzeuggeschäft mit einer Ratte in der Tasche herumzulaufen. Mütter und Kinder könnten schreiend weglaufen. Er als Punk ist den Anblick von Schulterratten gewohnt. Viele seiner Freunde und Bekannten haben eine Ratte, die sie auf der Schulter spazieren tragen. Sozusagen als »Allround-immer-dabei-24-Stunden-Haustier«. Ginge er in einen seiner Punkerläden oder auf den Marktplatz oder einfach durch die Straßen, würde eine Ratte auf seiner Schulter nicht sonderlich auffallen. Ganz anders als auf der Schulter eines Anzug tragenden Versicherungsvertreters mit gestreifter Krawatte. Irgendwie wäre sie dort fehl am Platz. Theo hat mir erklärt, dass er und seinesgleichen auf Ratten stehen, nicht im Fetischsinn, sondern als Haustier. Bis heute habe ich leider keine Schulterratte getroffen, aber ich bin bereit, ihm zu glauben, erst recht, weil Theo mir helfen will.

Während er sich vorhin in der Leichenhalle meine Maschine ansah, erzählte ich ihm die Kurzfassung, wie und warum ich mit meinem Bike in dem Sarg gelandet war. Mein Gelber Engel auf zwei Rädern war definitiv Schrott. Theo hatte meinen Hobel untersucht, und sein Fazit war: »Im Arsch!«

Dazu nickte er, was aber trotzdem nicht den Eindruck hinterließ, dass er sich damit besonders gut auskannte.

»Im Spieleparadies im Einkaufscenter könnten wir eine neue bekommen.« Er kramte sein Portemonnaie hervor. »Du hast wahrscheinlich keine Knete, oder?«

»Pleite wie eine panierte Scholle!« Ich hob hilflos die Schultern.

Theo zuckte mit den Achseln, grübelte kurz. »Sieh es als Geschenk.« Er tätschelte meinen Kopf. »Im Spieleparadies bleibst du lieber in meiner Tasche, vertrau mir, das ist besser so!« Theo öffnete mit zwei Fingern seine Jackentasche, und ich sprang, ohne zu zögern, hinein. Aus irgendeinem Grund hatte ich Vertrauen zu diesem Sonderling gefasst.

Schon erblicke ich das Regal mit den Autos und Motorrädern, und mein Herz tanzt vor Aufregung Foxtrott.

Ich klettere so weit wie möglich aus Theos Jackentasche, hänge jetzt quasi wie ein Kängurubaby im Beutel seiner Mama, während Theo eine Vorauswahl trifft.

»Die hier scheiden alle aus!« Seine Hand wischt durch die Luft.

»Moment mal!«, rufe ich armwedelnd, als ich ein Polizeimotorrad erblicke. »Das Bullenbike sieht doch geil aus!« Polizeiratte zu sein wäre ja noch cooler, und ich könnte den Mord an dem Bauern höchst offiziell aufklären.

»Du brauchst einen eigenständigen Elektroantrieb ohne Fernsteuerung. So, dass du selber Gas geben kannst, das ist ganz selten.« Theo winkt ab. »Vertrau mir!«

Ich kenne diesen Typen erst seit knapp einer Stunde, und schon soll ich ihm bei der Auswahl meines Motorrads vertrauen. Noch bin ich mir nicht sicher, ob das gut oder schlecht ausgeht.

Theo nimmt einige Motorradschachteln und Modelle aus den Regalen und sortiert sie.

Im Regal vor mir springt mich eine mattschwarze Maschine mit fledermausgelbem Logo an. Stylisch, spacig, nicht von dieser Welt.

»Was ist das da?«, stottere ich aufgeregt.

»Das ist das Bike von Batman!«, antwortet Theo beiläufig.

»Die Maschine will ich haben!« Ohne zu zögern, hüpfe ich aus Theos Jackentasche, lande auf dem polierten Linoleumfußboden, springe leichtfüßig zu dem Regal und stehe staunend vor der Reihe dieser Bat-Bikes. Sie thronen dort oben aufgereiht wie erhabene Statuen.

Theo wird sofort nervös. »Alter, du kannst hier nicht einfach so herumspringen. Das gibt jede Menge Ärger!« Er fuchtelt mit den Armen und bedeutet mir, wieder in seine Tasche zu hüpfen.

»Ich will dieses Batdings-Bike!«, sabbere ich. Meine Augen leuchten gierig wie Fernlicht.

»Bleib cool. Wir müssen die Dinger erst ausprobieren.« Er winkt mich zu sich. »Vertrau mir«, fordert er erneut und klemmt eines der Batbikes unter seinen Arm.

Beruhigt verschwinde ich wieder im Futter seiner Jackentasche. Ich sehe mich schon als die coolste Ratte der Welt mit einem Batman-Motorrad. Ich wäre dann Ratman. Damit werde ich berühmt, so viel ist schon mal klar. Theo steckt noch zwei weitere Motorradschachteln unter seinen Arm und steuert die Baby- und Kleinkindabteilung an. In einer uneinsehbaren Ecke holt Theo mich aus der Tasche und beginnt, die Motorräder vorsichtig auszupacken.

»Ich nehm das Batman-Bike!«, sage ich und schwinge mich drauf.

»Langsam, Alter, ich glaube nicht, dass das von der Größe her für dich passt.«

Theo hat recht. Das mattschwarze Superheldenbike ist viel zu groß. Ich reiche noch nicht mal an den Lenker, wenn ich draufsitze.

»Um Batman zu sein, brauchst du wohl Stelzen.«

Ich gebe ein verzweifeltes »Shit!« von mir.

Nach wenigen Augenblicken stellt sich heraus, dass keines der Motorräder auch nur ansatzweise passt. Ich bin enttäuscht. Beginne, mich langsam damit abzufinden, wieder zu Fuß unterwegs zu sein.

»Eine letzte Idee habe ich noch.« Der rothaarige Punk sieht mich an. »Wie dringend willst du ein Bike?«

»Soll das ein Scherz sein? Ganz dringend!«

»Koste es, was es wolle?« Theo legt den Kopf seitlich. »Warte hier!«, murmelt er und verschwindet um die Ecke.

Ich sehe mir die Bikes an. Zugegeben, das Batman-Bike ist viel zu groß, aber an Coolness nicht zu überbieten. Eine Honda Goldwing steht in Gold-Schwarz auf einem kleinen Plastikständer und ruft mir ganz leise »Freedom« zu. Ich kann es hören, kann es riechen. Aber auch sie ist viel zu groß. Und die letzte der drei Maschinen ist eine KMZ Dnjepr MT 10. Sieht aus wie ein Vorkriegsmodell mit zwei auf Federn gelagerten Sätteln und einem Nummernschild, das vorn quer auf dem Schutzblech angebracht ist. Theo meint, die Dnjepr sei Kult. Schön und gut, aber was nützt der beste Kult, wenn ich zu klein bin. Wie würde das aussehen, wenn ich in den Kuhstall zurückkehre ohne Motorrad? Und ganz nebenbei muss ich auch noch den Mord aufklären. Zumindest könnte ich, dank Theo, auf Informationen von der Obduktion der Leiche hoffen.

Während ich warte, fällt mir wieder Martens, der Stallknecht, ein. Ich hatte am Rande beobachtet, wie er die Bäuerin tröstete, und ich weiß, wie es aussieht, wenn sich zwei Körper auf sexueller Ebene begegnen. Zu sehr lag sie in seinen Armen, zu stark schmiegte sich ihr Bauch an ihn. Diese beiden Körper kannten sich bereits. Eifersucht ist eines der ältesten Mordmotive, aber war der Stallknecht so schlau und verwegen, dass er bei der Entdeckung der Leiche seine Überraschung hatte spielen können? Keine Frage, er war überrascht und unvorbereitet auf die Leiche des Bauern getroffen. Für wen hätte er das auch vortäuschen sollen? Für eine Herde Kühe? Wohl kaum. Nach dem Ausschlussprinzip könnte man Martens als Verdächtigen eliminieren. Bliebe noch die Bäuerin.

»Hier, das ist deine letzte Chance!«, reißt mich Theo aus meinen Gedanken. Er präsentiert ein kleines rosa Schächtelchen. »Voilà!«

Ich starre ungläubig auf das Bike. Ist das überhaupt ein Bike? Das kann der bekiffte Punk doch unmöglich ernst meinen?

»Ey, Theo, das ist ...«, ich stocke. Mir fehlen die Worte. »Das ist ... ja, was ist das eigentlich?«, frage ich mit zusammengekniffenen Augen.

Theo grinst und preist wie ein Teleshopping-Verkäufer seinen Fund an: »Das ist ein Barbie-Roller. Nicht nur praktisch in der Stadt, auch farblich eine gelungene Kombination aus Bonbontönen und verziert mit echtem Glitter.« Er stellt den pinkvioletten Motorroller auf den Boden und setzt eine Batterie ein.

Ich glotze auf den Roller. Voller Herzchen und Blümchen. Die Sitzbank glitzert, und quer über der Motorverkleidung prangt ein neongrüner, extrem uncooler Barbie-Schriftzug.

»Wofür ist das?«, stammle ich.

»Damit fahren die Barbies zu den Kens!« Theo kann sich ein Grinsen nicht verkneifen.

»Ey, Alter, vorher war ich ein ADAC-Pannenfahrer, und mit dem Lolli-Roller bin ich WAS? Shopping Queen?«

Theo holt einen kleinen, mit Herzchen verzierten Koffer aus der Schachtel. »Hier ist noch dein Handgepäck!«, lacht er schadenfroh.

Er schnallt den Herzchenkoffer auf den kleinen chromblitzenden Gepäckträger hinter der Sitzbank. Das Ding sieht aus wie rosa Zuckerwatte auf Rädern. Als ob ich auf dem Weg zur Maniküre wäre.

Leider muss ich zugeben, dass die Größe für mich perfekt passt. Wenn es nur nicht aussehen würde wie ein schwuler Kaugummiautomat!

»Gibt's diese Barbie-Dingsdabumse auch für die Kens?«

Theo schüttelt grinsend den Kopf.

»Können wir dieses fahrende Tutu wenigstens umlackieren?«

Theo nickt. Ich bin aufgrund meiner Notsituation widerwillig bereit zu akzeptieren.

»Ich hab eh keine Knete!«, zucke ich mit den Schultern und zeige meine leeren Pfotenflächen. »Eine geschenkte Kuh macht auch Muh!«, resigniere ich.

»Schon klar!«, murmelt Theo. »Ich ja auch nicht!«

Ich nicke, und im selben Moment schrecke ich hoch. »Was heißt, du auch nicht?«

»Na, pleite, klamm, mau!«, erklärt Theo.

Ich sehe ihn ratlos an. »Wie?«

»Insolvent!«, erklärt er.

»Ich weiß schon, was klamm ist, aber willst du das Bike einfach klauen?«

»Neeeeiiiin!« Er zieht das Nein übernatürlich in die Länge.

Ich warte ab. Irgendetwas kommt noch.

»Ich nicht, aber DU!« Er meint es ernst. »Du setzt dich einfach drauf und fährst hier raus!«

»Bist du bescheuert?«, rege ich mich auf. »Wenn die mich

erwischen? Menschen machen mit Ratten kurzen Prozess. Im günstigsten Fall lande ich erschlagen auf dem Müll.«

»Hey Alter, sei keine Pussy!« Theo beugt sich zu mir herab.

»Pussy?« Ich fasse es nicht. »Wie soll ich denn dieses Ding hier rausschleppen?« Ich zeige auf eine dieser Motorradschachteln, die mich an Größe locker um das Doppelte übertreffen.

»Bleib ganz ruhig, ich habe einen Plan!«

»Mich interessiert dein Plan nicht!«, entgegne ich genervt. Ich bin mir nicht sicher, was mich eigentlich mehr aufregt, die Tatsache, dass ich das Bike klauen soll, oder der Umstand, dass Theo mich damit überrumpelt hat.

Wenn ich ehrlich bin, halte ich mich für 'nen harten Typen. Ich habe ja schließlich auch die 9-Volt-Blockbatterie geklaut. Allerdings aus dem Werkzeugschuppen auf dem Milchhof und nicht aus einem Hightech-gesicherten Geschäft mit elektronischer Warensicherung und Hausdetektiven. Wahrscheinlich haben die sogar einen Lügendetektor. Schon beginne ich, mich hektisch umzusehen, ob nicht schon einer auf uns aufmerksam geworden ist.

»Jetzt vermassel das nicht!« Theo wird ernst.

»Denkst du wirklich, die lassen hier einfach so eine Ratte auf diesem Zuckerwatteroller rausfahren?«

»Das denke ich!«

»Du rauchst zu viel!«

»Denk doch mal nach.« Theo versucht, es mir zu erklären: »Wenn die plötzlich eine Ratte sehen, die auf einem Barbie-Roller fährt ... die bleiben alle entweder mit offenem

Mund stehen oder rennen kreischend weg, und du kannst unbehelligt rausfahren. Glaub mir!«

Ich denke nach. So ganz dumm ist die Idee vielleicht doch nicht. »Und dann?«

»Ich setze dich kurz vor den Kassen ab, gehe raus und warte hinter der Ecke. Sobald ich draußen bin, zählst du bis 20 und fährst dann einfach los! Und draußen sammle ich dich einfach auf. Jackentasche und fertig.«

»Wieso 20?«

»Hä?«

»Wieso bis 20 und nicht bis 18 oder 22, oder so?«

Der Punk schüttelt den roten Schopf. »Von mir aus kannst du auch bis 22, 18 oder – wenn du willst – auch bis 31 zählen.«

»Aha, da haben wir's!«, beschwere ich mich. »Dein Plan ist also überhaupt nicht ausgefeilt!«

»Natürlich ist er das nicht!« Theo wedelt mit den Armen. »Aber hast du 'nen besseren Vorschlag?«

Ich schweige. Eine bessere Idee habe ich nicht. Ehrlich gesagt habe ich auch keinen Plan. Was hatte ich mir bloß dabei gedacht, einfach in den Sarg zu springen? Jetzt stehe ich hier in der Großstadt und bin dabei, einen pavianarschfarbenen Barbie-Roller mit Herzchenkoffer und Einhornglitter zu klauen.

08

Kurz vor den Kassen hocke ich geduckt auf meiner Zuckerwattevespa unter einem runden Pappaufsteller für Haribo. Theo hat mich hier unauffällig abgesetzt, ist dann, ohne sich umzudrehen, weitergegangen und durch die gläserne Automatiktür verschwunden. Da sitze ich nun, einsam und verlassen im Spieleparadies. Ich habe angefangen zu zählen. Jetzt bin ich bei 16 und habe vor Aufregung vergessen, bis wie viel ich zählen sollte.

Meine Nervosität brennt in mir wie eine Wunderkerze. Mir wird heiß. Schweißperlen tropfen an meinen feinen Barthaaren herab.

Egal, bis wie viel ich zählen sollte, jetzt ist definitiv der richtige Zeitpunkt gekommen: kein einziger Kunde an der Kasse. Die Kassiererin mustert ihre Fingernägel. Ein kleiner Hautfetzen am Daumennagel scheint sie zu stören, und sie versucht, ihn mit ihren Zähnen zu fassen. Ich bugsiere mich langsam unter dem Pappaufsteller hervor. Schrittgeschwindigkeit. Jetzt erkenne ich den Vorzug des bunten Rollers. Er ist so klein, dass ich mit meinen Füßen den Boden berühren kann. Ohne diese Balance, die mir meine ausgestreckten Zehen am Boden geben, wäre eine solche Schleichfahrt unmöglich. Zum Glück ist der E-Motor so leise wie schlafendes Laub. Ganz dicht an der Fußleiste rolle ich mit einer Geschwindigkeit, die Honig bei leichtem Gefälle erreicht, Zentimeter für Zentimeter in Richtung Ausgang. Die Hälfte des Kassentresens habe ich geschafft. Vor mir nur noch eine Tonne mit Kinderangeln und Keschern, die es zu umfahren gilt. Die geöffnete Glastür verspricht die Freiheit. Auf einem Tussiroller, aber immerhin.

Wenn ich jetzt Gas gebe, dann benötige ich knappe 15 Sekunden in die Freiheit. Aber quer über den Boden, quasi übers offene Feld, das widerstrebt mir als Ratte. Wir Ratten laufen lieber am Rand, eng an eine Mauer oder Wand gedrückt. So müssen wir nur eine Seite im Blick behalten und haben den Rücken sozusagen frei. Quer über die freie Ebene ist für eine Ratte unnatürlich. Meine Schweißproduktion legt noch eine Schippe drauf. Jetzt oder nie. Ich umschließe fest den Gasgriff. Bin bereit.

Plötzlich türmt sich wie ein Tsunami ein Schatten vor mir auf. Wird immer größer, hüllt mich in Dunkelheit wie ein Schokoladenüberzug. Ein sommersprossiges Mädchen beugt sich zu mir herab. Optisch erinnert sie an eine Sumoringerin mit Kieferfehlstellung. Sie grinst durch ihre Zahnspange, die aussieht, als hätte ihr jemand ein Schutzblech quer übers Gesicht genagelt.

»Mami, so einen Barbie-Hamster will ich!« Sie packt mich und den Roller.

Schon zapple ich in der Luft, die Räder drehen bei Vollgas durch. Vor Schreck lasse ich den Gasgriff nicht los. Ihr

Daumen ist klebrig von irgendwelchen Süßigkeiten, und als sie mich zu sich hochhebt, kann ich den Rotz in ihren Nasenlöchern sehen. Ihr Auge kommt näher und näher. Kurz davor hält sie inne. »Das ist aber 'n komischer Hamster! Guck mal, Mami!«

Ich bin erstaunt über das blitzschnelle Zusammenspiel von optischer Wahrnehmung und Stimmbändern. Kaum hat mich die Mutter der Rotznase gesehen, beginnt sie, ohrenbetäubend zu kreischen.

Schrill wie eine koffeinsüchtige Betonsäge. Reflexartig schlägt sie ihrer Tochter den Roller samt meiner Wenigkeit aus der Hand. Ich lande auf einem Büchertisch für *Drei-???*-Krimis. Der Hinterreifen brennt bei der ersten Berührung mit dem Plastikeinband eine Spur hinein. Es qualmt. Riecht nach verbranntem Kunststoff. Meine bereifte Zuckerwatte bäumt sich auf. Mit Mühe halte ich mich im glitterbezogenen Sattel. Mein Barbie-Roller spielt Rodeo, springt über den ersten Bücherstapel und rast in Richtung Tischende.

Mittlerweile hat auch die Kassiererin ihren Daumennagel vergessen, steht mit beiden Beinen auf dem wackeligen Drehstuhl an der Kasse und ruft um Hilfe.

Das Mädchen grinst verzückt durch die Zahnspange. Im Neonlicht des Spieleparadieses blitzt kurz der Metallbügel im Mund auf. Es sieht aus wie Robokid. »Ich will diesen Barbie-Hamster!«, schreit es erneut und rennt auf mich zu.

Zum zweiten Mal an diesem Tag muss ich mit meinem Bike springen. Hinter dem Büchertisch stehen zwei Pappschachteln. Die kreischende Mutter zerrt an ihrem Kind.

Ohne Erfolg, es reißt sich los und stürmt um den Büchertisch auf mich zu. Die Aussicht, als Barbie-Hamster bei der Horrortrulla zu enden, beflügelt mich. Ich erinnere mich an mein befreiendes »Geronimo«. Der Roller jagt über die Tischkante hinaus, und ich spüre die Schwerkraft, ihren Sog. Fühle die Luft unter mir. Der Fahrtwind zerrt an meinen Barthaaren.

»Geronimo!«, brülle ich.

Mein Adrenalin gleicht einer Überdosis, und tief in mir springen alle Ketten. Für einen Augenblick bin ich der König der Welt.

Im gleichen Moment erreicht die Sumoringerin das Tischende. Sie kann nicht abbremsen und schlittert geradeaus weiter, reißt ihren Arm hoch und versucht mit ausgestreckten Fingern, mich im Flug zu packen. »Komm her, du blöder Hamster!«, keift sie.

Sie erreicht mich nicht mehr, doch berühren ihre Fingerspitzen den Herzchenkoffer meines Rollers und geben mir einen unerwarteten kleinen Dreh, der meine Flugbahn beeinflusst.

Das Zahnspangenmädchen rutscht in den Pappaufsteller für die Süßigkeiten, und Dutzende Tüten mit bunten Gummibärchen und blauen Schlümpfen ergießen sich wie eine Flüssigbetonladung über den Boden.

Die Göre rappelt sich erschrocken auf und beginnt, trotzig zu flennen. Erst als sie bemerkt, dass sie inmitten von Gummibärchen hockt, lässt der Heulzwang nach, und sie stopft sich zwischen Schluchzen und Luftholen eine Handvoll Gummibärchen nach der anderen in den Mund.

»Jennifer, du sollst mit der Spange keine Süßigkeiten essen!«, ruft die Mutter. Schnell schaufelt Jennifer sich noch mehrere Handvoll in die dicken Backen. Das nächste Grinsen wird ihr im Gesicht kleben bleiben, denke ich, und schon bereue ich, erneut »Geronimo« gerufen zu haben.

Denn ich lande nicht wie erhofft auf einem kleinen Kartonstapel, sondern auf dem Kassenlaufband. Die Reifen federn mit solcher Wucht, dass ich mich am Lenker festklammern muss, um einen Sturz zu verhindern. Hinter mir steht die Kassiererin immer noch auf dem Stuhl, und als ich mit meiner Barbie-Vespa auf dem Laufband lande, kreischt sie erneut auf, fasst aber all ihren Mut zusammen und greift nach einem der Kescher aus der Tonne neben sich.

Ihre Augen blitzen vor Wut, Abscheu und Ekel. Die Haare hängen in Strähnen wirr im Gesicht, und mit dem Kescher um sich schlagend, erinnert sie an »Psycho meets Medusa«. Sie schlägt mit Wucht, allerdings schlecht gezielt, auf das Laufband. Ich fahre in entgegengesetzter Richtung davon, und mein Einhorn ächzt gegen das Laufband an. Neben mir landet mit einem bedrohlichen Klatschen erneut der Kescher. Der Luftzug streift mich.

Das war knapp, denke ich. Der nächste Hieb wird vielleicht sitzen, und ich ende in einem Kescher wie eine Kaulquappe. Mein Roller läuft nur knapp schneller als das Laufband, sodass ich nur zentimeterweise vorwärtskomme. Und dann spüre ich das echte »Geronimo«, wie es aus den Tiefen meiner Rattenseele emporsprintet.

Plötzlich bin ich erfüllt von Mut und Tugend. Eine Welle der Selbstsicherheit erfasst mich, und ich lasse mich von ihr tragen. Ich springe auf die Fußbremse meiner Vespa, lege mich seitlich in die Kurve, ziehe den Roller quietschend hinterher. In drei holprigen Sätzen ruckelt das Hinterrad herum.

Der Kescher knallt schon wieder herab. Landet genau dort, wo ich eben noch war. Ich reiße den Gasgriff auf und schieße, beflügelt von der Laufbandgeschwindigkeit, wie ein pinkes Ferrari-Bonbon vom Kassenband über das Ende des Packtisches ab durch die Luft. Jetzt spüre ich, wie mein ganzer Körper, ja sogar mein Bike, ein einziges »Geronimo« sind. Unter mir ein Meer aus Gummibärchen und blauen Schlümpfen.

Vor mir sehe ich Theo, der, angelockt von dem Durcheinander und Gekreische, neugierig und staunend vor der Glastür steht. Ein schneller Blick zurück. Ich sehe die Kassiererin, die vor Wut kurz davor ist, in den Kescher zu beißen. Die Mutter, die mit ihrer Sumogöre schimpft, höre ich nur noch entfernt. Vor mir ist endlich die Freiheit.

Theo grinst siegessicher. Einen Meter vor der Glastür setzt mein Roller auf. Ich nehme kurz das Gas weg, lenke etwas gegen, um die Balance zu halten, und gebe dann noch mal Vollgas. Raus hier!

Ausgerechnet jetzt schließt sich die Automatiktür. Beide Glasflügel schieben sich mit dem Geräusch einer summenden Monsterbiene zusammen.

»Shit!«, schreie ich und reiße meine Augen auf.

Theo, auf der anderen Seite der Tür, reagiert unerwartet schnell und geistesgegenwärtig. Er sprintet in den Bereich des Türsensors.

Mit einem Rest »Geronimo« in mir vertraue ich dem rotschopfigen Punk und bleibe am Gas. Ein knapper halber Meter trennt die Türen noch. Ich bleibe am Gas. Ein Blick in Theos Gesicht auf der anderen Seite gibt mir Zuversicht. Gleich sind die Türen geschlossen, und ich klebe am Glas wie eine Mücke am Fliegenfänger. Ich bleibe am Gas. Denke, hoffentlich tut's nicht so weh, als Theo den Sensor auslöst und sich die Türen mit einem zaghaften Fauchen wieder öffnen. Ich düse hindurch, mein Herzchenkoffer schrammt leicht am Gummifalz der Tür entlang und hinterlässt eine schwarze Schmauchspur.

Mit einem eleganten Rechtsschlenker umfahre ich Theos Fuß und rase durch seine Beine, die wie ein Portal in eine andere Welt wirken, hindurch in die Einkaufsmeile. Ich bremse ab, und Theo verfrachtet mich mit einem schnellen und unauffälligen Griff in seine Jackentasche.

In der Sicherheit des dunklen Taschenfutters schalte ich die Zündung aus und streichle meiner Barbie-Vespa zärtlich den Hals. Das ist der Teil unterhalb des Lenkers.

»Gut gemacht, mein Mädchen!«, flüstere ich ihr ins Ohr, also in den Spiegel. »Wir gehören jetzt zusammen!«

• • •

Später, im Spieleparadies, sollte die Mutter aussagen, dass sie eine Ratte gesehen hätte, die Kassiererin sprach von einem Biber auf einem Motorroller, und das Mädchen mit dem Schutzblech im Gesicht schwor Stein und Bein darauf, dass es ein Barbie-Hamster auf einem rosa Laufrad war.

Der Security-Mitarbeiter des Einkaufszentrums hatte Schwierigkeiten, die Kleine zu verstehen. Irgendwie bekam sie ihre Zähne nicht auseinander.

09

Euphorisch und selbstbewusst spazieren wir zur Mittagszeit durch die gut besuchte Fußgängerzone. Die Sonne scheint. Einige Möwen lachen von den Dächern.

Aufrecht wie ein Kapitän stehe ich auf der linken Schulter des Punks, stütze eine Pfote an seinem Ohr ab und blicke voraus. Mein Rattenschwanz hängt lässig an Theos Schulterblatt herab.

Der Punk, ebenfalls getragen von der Euphorie des gelungenen Motorradraubes, hat einen federnden und gleichzeitig leicht schlurfenden Gang.

Wir fallen auf. Offensichtlich genießt Theo die Blicke und den mit Neugier vermischten Ekel, der ihm entgegengebracht wird. Dieser Typ, dessen Knöpfe an seiner Lederjacke aus Kronenkorken von Bierflaschen sind, der Ohrlöcher hat, so groß, als könne man darin einen Bauchladen einhängen. Warum genießt dieser Sonderling diese Aufmerksamkeit? Und jetzt erkenne ich es. Es ist nicht nur er allein. Ich gehöre dazu, bin Teil dieses Bildes. Plötzlich wird mir die Anziehungskraft dieser Art von Interesse bewusst, ähnlich wie bei einem Unfall: unschönes Bild, aber man muss hinsehen.

Wir sind Außenseiter und fühlen uns stark. Anders zu sein macht aus uns beiden stolze Individuen, Freiheitskämpfer, Revolutionäre. Deshalb genießen wir die Blicke der anderen. In vielen Gesichtern lese ich Abscheu, die meisten jedoch zeigen Neugier und Interesse.

Einige Passanten grinsen uns zu, und die angeleinten Stadthunde, das sind die kleinen wuscheligen mit verzierten Halsbändern und strassbesetzten Leinen, schnüffeln auffällig lang an Theos Hosenbeinen. Die kleinen Köter erinnern mich an Bob, den Hofhund. Wo war der eigentlich heute Morgen? Von Bob war keine Spur zu sehen gewesen, obwohl der Labradormix sonst immer im oder um den Stall herum anzutreffen ist. Bob ist ein sehr guter Wachhund, und ich ärgere mich, dass mir Bobs Fehlen im Kuhstall nicht gleich aufgefallen ist.

Die Tussiköter haben meinen Rattengeruch gewittert, aber nicht einer von ihnen kommt auf die Idee, nach oben zu sehen. Ich genieße es. Ja, ich bin hier der Herr der Lage. Ganz eindeutig. Stolz denke ich an meinen Roller und die zurückliegende Spieleparadies-Action. Beflügelt von diesem erhabenen Gefühl, werde ich lockerer, federe jetzt Theos Gang ab. Lasse mich treiben.

Yeah. Groovy.

In einem Café auf der anderen Straßenseite erkenne ich an einem Tisch die Bäuerin.

»Theo!«, flüstere ich in sein Ohr. »Bleib mal stehen.«

»Was ist?« Theo sieht sich um.

»Da vorne am Tisch, zwischen den beiden Schirmen, da sitzt die Bäuerin«, erkläre ich und bitte ihn, näher ranzugehen.

Sie sitzt an einem Tisch, auf dem zwei Espressotassen und zwei Sektgläser stehen, und unterhält sich mit einem gestriegelten Anzugträger. Sie macht nicht den Eindruck einer trauernden Witwe. Ich bin neugierig. Warum sitzt eine frischgebackene Witwe mittags bei Sekt in der Stadt? Zugegeben, sie trägt dezentes Grau, das durchaus als Trauerkleidung durchgehen könnte. Aber bei Sekt? Ihr Mann ist gerade mal einen halben Tag tot, noch nicht mal unter der Erde.

»Geh noch näher ran. Ich will hören, was die zu bereden haben«, bitte ich Theo.

Der Punk geht nicht gerade unauffällig auf den Tisch zu. Fast kollidieren wir mit einer Möwe, die kackfrech auf dem Tisch neben dem Paar landet. Sie kreischt wie Fingernägel, die über eine Schultafel kratzen. Theo bleibt stehen und versucht, teilnahmslos dreinzublicken.

»Na ja, James Bond bist du ja nicht gerade!«

»Was soll das denn heißen?«, empört er sich. »Ich habe mich hier unauffällig und strategisch günstig positioniert.«

»Unauffällig? Die starren uns an!«, flüstere ich. Tatsächlich stockt das Gespräch der Bäuerin, und sie und ihr anzugtragender Begleiter starren uns an.

»*Alle* starren uns an!«, sagt Theo, und es stimmt: Jeder glotzt. Erst recht jetzt, als der rothaarige Punk sich mit seiner Ratte auf der Schulter unterhält.

»Das hätte ich alleine besser hinbekommen!«, ärgere ich mich.

»Du?«, fragt Theo übertrieben sarkastisch. »Denk noch mal drüber nach, wie unauffällig dein Auftritt im Spieleparadies war. Was denkst du, wie die Fußgängerzone reagiert, wenn hier eine Ratte auf einem Barbie-Roller rumtuckert?«

Wir stehen immer noch vor dem Tisch der Bäuerin und ihres Gesprächspartners. Unbeobachtet dem Gespräch der beiden zu lauschen ist jetzt nicht mehr drin.

»Tu was!«, presse ich durch meine Zähne.

»Haste mal 'nen Euro?«, gibt der Punk gelangweilt von sich.

Ich fasse mir an die Stirn. Wieso fragt er die jetzt nach Geld?

»Verschwinden Sie mit Ihrer Ratte!«, giftet die Bäuerin. Ihr Begleiter steht auf und holt sein Portemonnaie aus der Sakkotasche. Er reicht Theo einen Zwanziger mit den Worten: »Kauf dir was zu essen!«

Die Bäuerin ist sprachlos. Schaut wie beim Tennis zwischen dem Punk und ihrem Begleiter hin und her.

Theo flucht leise und schlurft weiter.

»Was war denn das?«, frage ich ihn.

»Das ist mein Wert!«, entgegnet er knapp.

Ich warte auf eine weitere Erklärung. Theo wirkt etwas angespannt. Vorbei ist die Euphorie unseres Coups.

»Theo, was ist?«, frage ich erneut.

»Das war mein Vater.« Theo winkt ab. »Ich hasse die herablassende Art, wenn er mir Geld gibt.«

»Dein Vater?« Ich staune. »Was macht der mit der Bäuerin?«

»Was weiß ich?« Theo ist mürrisch. »Irgendwelche Geschäfte. Mein Vater ist Immobilienhai.« Seine Stimme zittert vor Ärger.

»Wieso hast du ihn dann nach Geld gefragt?«

»Weil er genau das von mir erwartet.« Theo wird lauter. »Ich bin ja nichts wert. Habe nichts gelernt. Aus mir wird nichts. Ich werde als Bettler auf der Straße enden. Das waren schon immer seine Worte.« Theo schlägt nun leisere Töne an. »Und ich werde ihn mit seiner vorgefertigten Meinung und seinen einzementierten Vorurteilen nicht enttäuschen.«

»Aber du hast doch einen Job im Krankenhaus«, entgegne ich.

»Ist nur ein 400-Euro-Job. Davon weiß er nichts, und ich werde es ihm auch nicht sagen!« Theo schüttelt demonstrativ den Kopf. »Außerdem wäre ich in seinen Augen nur ein Freak, der mit Leichen spielt.«

»Du bist kein Freak, der mit ...« Ich stocke kurz. »Na ja, jedenfalls spielst du nicht mit den Leichen«, ermutige ich ihn. »Tust du doch nicht, oder?«, frage ich vorsichtig nach.

»Natürlich nicht!«

Die Antwort beruhigt mich etwas.

Theo stiefelt schweigsam mit gesenktem Kopf durch die Straßen.

So schnell vergeht das Gefühl, König der Welt zu sein, und während Theo gebeugt und in sich gekehrt zur Pathologie latscht, lässt mich die Begegnung mit der Bäuerin und Theos Vater nicht los. Eigentlich kommen nur drei Möglichkeiten in Betracht: Entweder, sie will den Hof verkaufen oder eine Immobilie kaufen, oder sie hat mit Theos Vater eine Affäre. Allerdings konnte ich hören, dass die beiden sich gesiezt haben, weshalb eine intime Beziehung wohl ausscheidet. Und dass die Bäuerin sich sofort in einen Immobilienkauf stürzt, ist unwahrscheinlich. Es bleibt nur die Variante des Verkaufs.

Sollte sie wirklich beabsichtigen, den Hof zu verkaufen, so scheint sie keine Zeit verlieren zu wollen. Je länger ich über den mysteriösen Tod des Bauern nachdenke, desto mehr erkenne ich, welch Fügung des Schicksals mich hier nach Wismar in die Pathologie zu diesem verschrobenen Punk geführt hat.

»Tja, Glück gehabt, Ede!«, sage ich mir und zwirble meine Barthaare, ein bisschen wie der Kater Whisky. Ich habe das Gefühl, dadurch verwegener zu wirken, und beschließe, mir die Zwirbelei anzueignen.

10

»Rechtes Auge fehlt. Verletzungen reichen bis in die Schädeldecke.« Nüchtern und gefühllos zählt Dr. Fasan, der zuständige Gerichtsmediziner, die Fakten auf. »Ein spitzer Gegenstand, ca. 10 bis 15 Zentimeter, wahrscheinlich der Nagel, hat die Augenhöhle durchdrungen und den dahinterliegenden Stirnlappen massiv verletzt. Dadurch ist aller Wahrscheinlichkeit nach der Tod eingetreten.«

Der Arzt mit der Halbglatze, die aussieht, als sei eine Lichtung von dichten Hecken umgeben, spricht in sein Diktiergerät. Ein Ziegelstein zeigt mehr Emotionen.

Zu seiner Verteidigung muss man wissen: Er hatte die ganze Nacht Bereitschaft und ist froh, nach dieser Obduktion endlich nach Hause zu kommen.

Theo reicht dem Doktor Zangen, Skalpelle oder kleine Pinzetten. Dann und wann auch ein Desinfektionstuch, und auf Wunsch des Gerichtsmediziners dreht er die Leiche zur Seite, damit der Rücken untersucht werden kann.

»Ein weiteres Hämatom. Interessant. Ein harter Schlag in den Rücken, direkt in die Nieren. Noch mehr Hämatome an Oberschenkel und Gesäß.«

Ich hocke währenddessen auf einem Tisch in einer Tüte Zwieback, in die Theo ein Loch hineingeschnitten hat, und beobachte das Geschehen aus einer gut geschützten Position heraus. Sozusagen ARD und ZDF.

Der Bauer ist geschlagen worden, merke ich mir. Mehrmals und heftig, zumindest so heftig, dass es ordentliche blauviolette Flecken gibt.

»Unter den Fingernägeln ...«, sagt der Doktor und stockt, als er die Hand des Bauern nimmt. Er sieht sich die Hand genauer an. »...unter den Fingernägeln ist jede Menge Dreck!« Theo dreht den Bauern wieder zurück auf den Rücken. Der Arm hängt unnatürlich abgewinkelt seitwärts vom Leichentisch. Dieser Arm war meine Rampe aus dem Sarg.

»Und was sagt mein Assistent dazu?« Fasan wendet sich unvermittelt an den Punk.

Theo sieht sich die Leiche lang an und wechselt dann einen kurzen, unauffälligen Blick mit der Zwiebacktüte.

»Deuten die Hämatome auf einen Kampf hin?«, versucht sich Theo als Sherlock Holmes.

»Nicht unbedingt«, antwortet Fasan überheblich. Er hört sich gern selber reden und ist in sich und seinen Verstand verliebt. »Es gibt keinerlei Kampfspuren. Keine Abschürfungen an den Knöcheln, keine Platz- oder Schürfwunden«, referiert er mit ausladender Geste. »Außerdem sollten wir den Alkoholgehalt nicht außer Acht lassen«, fährt er fort. »Zum Todeszeitpunkt hatte der Gute mindestens 1,2 Promille intus.«

Der Mediziner studiert die Tatortfotos aus der Akte und

betrachtet die unterschiedlichen Perspektiven der Aufnahmen.

»Also vielleicht ein tragischer Unfall? Er war betrunken, ist unglücklich gestolpert und … Exitus!«, gibt Theo seine Theorie zum Besten, aber der eitle Fasan scheint ihn gar nicht zu hören.

In der Zwiebacktüte ist es krümelig. Es pikst zwischen meinen zarten Zehen. Ich schicke ein gedankliches Memo an mich selbst:

Keine Zwiebacktüten mehr im Undercovereinsatz.

Also war es gar kein Mord, rattert es in meinen Gedanken. Der Bauer war einfach nur zu blöd zum Saufen. Ein wenig ernüchternd, aber so weiß ich wenigstens, dass auf dem Hof kein Mörder sein Unwesen treibt. Ich trenne mich widerwillig von der Bäuerin als Hauptverdächtiger und überlege gerade, wie ich das den Kühen im Stall verkaufe, als Dr. Fasan theatralisch Luft holt.

»Nun ja, eine durchaus plausible Theorie. Da muss ich Ihnen zustimmen.« Theo grinst stolz.

»Dagegen spricht allerdings ein klitzekleiner Umstand, den ich nicht umhinkann anzumerken.«

Ich horche auf in meiner Zwiebacktüte. Es raschelt ein bisschen. Beide sehen in meine Richtung. Ich halte die Luft an. Theo auch.

»Haben Sie das auch gerade gehört?«, der Doktor sieht sich prüfend um.

»Was?«, fragt Theo und mimt Desinteresse.

Der Doktor verharrt still. »Ach nichts«, sagt er. »Wo war ich? Ach ja«, fährt er fort. »Es könnte ein Unfall gewesen sein, wenn der Nagel gute 30 Zentimeter tiefer gehangen hätte.«

Er zeigt Theo die Tatortfotos.

»Hier sehen Sie …«, er deutet auf den Nagel im Foto, »… dass der Nagel viel zu hoch hängt, um sich bei einem Sturz zufällig ins Auge des Bauern zu rammen.« Er streicht nachdenklich über seine Halbglatze. »Der Bauer muss hier regelrecht angehoben worden sein, um mit dem Auge auf dem Nagel zu landen.« Fasan zeigt auf die Stelle auf dem Foto. »Er wird kaum gestürzt und danach einen halben Meter hochgesprungen sein, um sein Auge auf Nagelhöhe zu bekommen!« Er schüttelt den Kopf. »Wirklich unwahrscheinlich«, murmelt er.

»Unwahrscheinlich«, wiederhole ich flüsternd in meinem Versteck.

»Also kein Unfall, sondern Mord!«, fasst Theo zusammen.

Der Doktor steckt sein Diktiergerät zurück in die Tasche und wackelt unschlüssig mit dem Kopf. »Das muss die Polizei klären. Wir sind hier nur für die Fakten rund um die Leiche und die Todesursache zuständig.«

In meinem Kopf beginnt es wieder zu werkeln. Die Bäuerin ist nun doch meine Hauptverdächtige. Allerdings kann sie es kaum allein geschafft haben. Sie ist zart und nicht größer als ein Besenstiel. Die hätte den Bauern niemals anheben können. Da wäre dann noch Martens. Der Stallknecht ist zwar schlaksig, aber gemeinsam mit der Bäuerin hätte er es bewerkstelligen können. Ich muss herausfinden, was

Theos Vater und die Bäuerin für Geschäfte tätigen. Es muss irgendein Motiv geben.

Dr. Fasan streift sich die Latexhandschuhe ab, lässt diese in den Mülleimer fallen und hängt den grünen Kittel an einen Türhaken. Die Bewegungen wirken automatisiert. Die Müdigkeit nach der Bereitschaftsnacht schlägt jetzt zu.

»Bringen Sie den wieder in die Kühlung«, weist er Theo an, zeigt auf die Leiche und grapscht sich beim Verlassen seines Arbeitsplatzes die Zwiebacktüte.

11

Eben denke ich noch über das Motiv der Bäuerin nach, als ich mich in einer Achterbahn wiederfinde. Die Tüte wird so unvermittelt hochgeschleudert, dass ich die Balance verliere. Ich purzle in der Tüte hin und her.

»Was ist da los?«, schreie ich aus dem Inneren meines Versteckes. An meinem kleinen Sehschlitz falle ich ständig vorbei, ohne wirklich etwas erkennen zu können. In der Tüte gibt es keinen Halt. Na toll, ich werde mir in einer Zwiebacktüte sämtliche Knochen brechen. Plötzlich wird es ruhig. Ich höre ein Fahrstuhl-Ping. Ein kurzer Ruck, und wir sind im Erdgeschoss in der Patientenannahme. Der Doktor stellt die Zwiebacktüte auf den Tresen, schaut ein paar Krankenblätter durch, unterschreibt zwei Anträge und lässt mit dem Ausruf »Feierabend!« demonstrativ den Kugelschreiber fallen. Er holt tief Luft, grinst die Schwester hinter dem Tresen an und geht.

Mich hat er vergessen. Was für ein Arschloch. Erst entführt er mich, und dann lässt er mich einfach stehen. Zumindest werde ich in dieser Tüte nicht verhungern.

Es wimmelt von Schwestern, Ärzten, Pflegern, Putzkräften, Rollstühlen und ... ach ja, Patienten. Hier kann ich nicht einfach aus der Tüte herausklettern. Das gäbe eine Massenpanik. Durch den kleinen Sehschlitz starre ich direkt auf den Busen einer Schwester. Sie kommt auf mich zu.

»Ach, jetzt hat der Doktor seinen Zwieback vergessen«, murmelt sie vor sich hin, nimmt die Tüte und stellt sie hinter sich auf den Tisch.

Ich verstecke mich vorsichtshalber unter den Zwiebackstücken. Einige sind bereits gebrochen, liegen herum wie B-Ware. Zum Glück sieht sie nicht hinein. Warum sollte man auch in eine Zwiebacktüte hineinsehen? Man weiß ja, was drin ist. Zwieback. Steht ja auch außen drauf, sogar mit Bild. Ich wühle mich nach ganz unten und komme mir vor wie ein Verschütteter eines Grubenunglücks. Den verstärkten Pappboden der Tüte kann ich durchbeißen. Ich versuche, ein paar Löcher hineinzunagen, um eventuell meine Füße nach draußen zu strecken und mich samt Tüte vom Acker zu machen. Es klappt. Vom Prinzip her ist es wie ein Tretauto. In diesem Fall eine Trettüte. Noch einen Sehschlitz in Tretrichtung nagen, und schon kann's losgehen, als ich erneut unsanft hochgehoben werde.

»Schwester Andrea«, flötet jemand mit lang gezogenen Silben, »kannst du den Zwieback in Dr. Fasans Büro bringen? Er hat ihn hier vergessen.«

Jetzt bin ich in den Fängen Schwester Andreas. Sie schaukelt mit der Zwiebacktüte, als wäre ich im Hauptwaschgang bei 30 Grad. Ich werde wieder abgestellt, höre, wie sich Schwester Andrea piepsend mit jemandem unterhält. Aus meinem Guckloch erkenne ich die Röntgenabteilung. Zwischen dem Zwieback hockend, befreie ich mein Fell von Krümeln und entschließe mich kurzfristig zu einer anderen Strategie: Ablenkung und Verwirrung stiften! Schließlich hat das im weitesten Sinne ja auch im Spieleparadies funktioniert, wenn auch unfreiwillig. Beeilung ist angesagt. Ich nage den Pappboden weiter durch. Versuche, ein großes Stück herauszutrennen. Allerdings muss ich umsichtig vorgehen, da eine raschelnde und wackelnde Zwiebacktüte Schwester Andreas Neugier wecken könnte.

Langsam, aber mit stetem Erfolg beiße ich mich durch den Tütenboden. Schon fühle ich die Kunststoffoberfläche des kleinen Tisches, auf dem die Tüte steht. Ich bin bereit für ein weiteres »Geronimo«. Schwester Andrea verabschiedet sich mit Küsschen rechts, Küsschen links und nimmt die Tüte. Ich spüre die Schwerkraft. Doch nicht. Sie stellt sie wieder ab. Offensichtlich ist ihr noch etwas eingefallen. Erneut nehme ich die Sprungposition ein, sobald ich Boden unter den Füßen spüre, werde ich rennen. Der Boden hält. Shit. Ich springe auf der Stelle, helfe nach, damit der Papierboden reißt. Nichts. Ich springe weiter. Rumpelstilzchen wäre neidisch. Schwester Andrea nimmt die Tüte wieder auf, ruft ein »bis später« und reißt winkend den Arm zum Abschiedsgruß hoch.

Ich fühle mich wie ein Astronaut in der Zentrifuge. Auf mich wirkt gerade eine Beschleunigung von mindestens ein Dutzend *g* ein. Der Schwung reicht aus, um den Boden der Tüte einreißen zu lassen. In hohem Bogen fliegen der Zwieback und ich durch den hellgrünen Krankenhausflur.

Schwester Andrea bleibt mit offenem Mund stehen,

während ich in Richtung einer alten Frau im Nachthemd fliege, die sich an einem Rollständer mit Tropf festhält. Das Nachthemd ist um etliche Nummern zu groß und umhüllt die Frau wie ein vergilbtes Segel. Der erste Zwieback erreicht die Patientin. Sie schließt reflexartig die Augen. Schwester Andrea lässt die mittlerweile leere Tüte fallen und eilt der Frau zu Hilfe. Ich lande in Hüfthöhe direkt in einer Stofffalte des Nachthemds, schwinge mich wie Tarzan weiter nach hinten, bekomme ein weiteres Stück Stoff und dann eine Schnur zu fassen, an der ich hängen bleibe. Kurze Ruhe. Lage checken.

Schwester Andrea stützt die Frau und wischt ihr den Zwieback und die Krümel von der Schulter und der Brust. Sie entschuldigt sich mehrmals lautstark. Beide beginnen wie auf Kommando zu lachen. Sie scheinen mich noch nicht bemerkt zu haben. Stumm und bewegungslos hänge ich an der grünen Nachthemdschnur. Schaue mich um. Ich sehe vor mir den Krankenhausflur und die Tür zur Röntgenabteilung. Langsam drehe ich mich um.

Ich hänge direkt vor dem schlaffen Gesäß der alten Frau. Das Krankenhausnachthemd ist hinten offen. Normalerweise soll ein Schlitz im Kleid ja sexy sein. Ihre Haut am Hintern wirkt auf mich wie ein paar ausgelatschte Lederschuhe.

Weg hier. Schnell weg hier.

Ich lasse die Nachthemdschnur los, rolle mich geschickt auf dem Boden ab und flitze schnurstracks Richtung Wand unter einen Rollwagen.

Verschnaufpause.

Noch hat mich niemand gesehen.

Eine weitere Schwester und zwei Patienten kommen herbei, lassen sich erklären, wie der Zwieback auf die alte Frau kommt. Einige lachen, andere schmunzeln. Ich weiß nicht, was daran lustig ist. Die hätten mal meine Version hören sollen, dann wäre denen das Lachen vergangen. Im Flur wird es mir zu hektisch. Zu viele Menschen. Die Tür zur Röntgenabteilung öffnet sich. Während ein Arzt hinausgeht, schlüpfe ich unbemerkt hinein. Hinter mir schließt sich die Tür. Stille. Von außen dreht der Arzt das Türschild um. Jetzt steht dort

ACHTUNG RÖNTGENSTRAHLUNG
Kein Zutritt

Vor mir steht eine Krankenhausliege. Darauf ein Mann, zugedeckt von einer dunklen Gummimatte, die quer über dem Bauch einen Ausschnitt hat. Durch einen Lautsprecher ertönt die Stimme des Arztes.

»Bleiben Sie jetzt ruhig liegen, bitte nicht atmen. Wir röntgen Ihren Bauch und fahren Sie dann gleich wieder hinaus.«

Das ist meine Chance, hier unbemerkt wieder rauszukommen. Ich sprinte unter die Liege, hangle mich das Metallbein hinauf und krieche sanft und unauffällig unter die Matte.

Unvermittelt beginnt es zu summen. Ein sonores, mechanisches Brummen, begleitet von einem Lichtkegel, fährt über den Mann. Ich kann die Schatten erkennen. Presse mich ganz dicht auf die Liege. Stillhalten, sage ich mir. Nicht aufzufallen ist in der Menschenwelt oberstes Gebot.

Der Arzt kommt wieder durch die Tür, entfernt die große Gummimatte, und eine Schwester fährt mit der Liege hinaus in den Flur zum Fahrstuhl.

»Sehen Sie, Herr Zwitschke, da spürt man überhaupt nichts. Ein Bauchröntgen ist absolut schmerzfrei!« Durch einen Spalt im Laken erkenne ich ihr Grinsen.

»Hier im Krankenhaus wird man ja doch nur gesund«, knurrt er mürrisch.

Ich bin schon mal im Fahrstuhl. Das ist etwas Positives. Jetzt muss ich nur noch ins Untergeschoss. Allerdings werde ich wenig Aussicht haben, die Pathologie im Keller mit einem lebendigen Patienten zu erreichen.

Das Fahrstuhl-Ping ertönt. Die Türen öffnen sich auf der dritten Etage. Unauffällig linse ich unter der Decke hervor. Wieder ein grüner Krankenhausgang und diesmal noch mehr Menschen. Ein halbes Dutzend von denen warten darauf, in den Fahrstuhl zu kommen. Ich lasse mich am metallenen Bein der Liege auf den Boden hinab, bevor die Schwester mit dem mürrischen Herrn Zwitschke hinausrollt.

In einem hellen, kargen Fahrstuhl mit weißen Wänden ist es als Ratte sehr schwer, sich zu tarnen. Gleich links neben der Fahrstuhltür presse ich mich an die Wand. Sobald jemand hereinkommt, wende ich die Schattentechnik an.

Der Trick ist, im Schatten der Person hinter sie zu flitzen und sich an der Schuhferse zusammenzukauern. So klein wie möglich zu machen. Dann kann man mit Glück unerkannt bleiben. Nicht gerade der beste Trick, aber besser, als einfach dazustehen und erschlagen zu werden.

Zwei Schwestern kommen zuerst in die Fahrstuhlkabine. Wie ein Wiesel, das seinen eigenen Schatten jagt, renne ich mit den Schritten der Schwestern und kauere mich hinter der Ferse zusammen. Mein Herz wummert wie ein Subwoofer.

Nachdem alle Personen im Aufzug sind und sich die Türen schließen, hechte ich hinüber zu einem Patienten, der eine schlabbrige Pyjamahose unter einem dicken Frotteebademantel trägt. Langsam, aber sicher wird mir das ein bisschen zu viel »Geronimo« für einen Tag.

Ich schweife gedanklich ab. Zu der Bäuerin und ihrem Komplizen. Wer würde außer Martens noch infrage kommen? Wer hätte einen Vorteil davon?

»Cui bono?«

Das habe ich mal beim Googeln gefunden. Ist Latein und bedeutet übersetzt: Wem nützt es?

Falls Sie jetzt denken, ich könne Latein, nein, weit gefehlt. Da ich weiß, dass keiner auf dem Hof Latein spricht, benutze ich manchmal kurze Sätze, die zumindest lateinisch klingen, und füge dann weltmännisch ein »Wie der Lateiner zu sagen pflegt« hinzu.

Das macht ungeheuer Eindruck.

Ich bin unkonzentriert und merke nicht, wie mein Rattenschwanz zuckt und sich um den Knöchel des Bademantelpatienten legt.

»Shit!«, fluche ich leise. Schnell verstecken.

Der Kerl spürt die Berührung, sieht hinunter und erkennt gerade noch meinen nackten Rattenschwanz, der in seinem Hosenbein verschwindet.

Ich hangle mich innen an seiner Hose hoch, doch plötzlich kommt Bewegung in seine Beine. Der Kerl fängt an zu tanzen, zu hüpfen und zu zappeln.

»Ich hab was in meiner Hose!«, schreit er und schüttelt sein Bein. Ich halte mich verbissen an dem Stoff fest. Der Typ spürt mein Fell an seiner Haut und gerät in Panik.

»Ein Tier!«, schreit er hysterisch und reißt sich seinen Bademantel vom Leib. »In meiner Hose ist ein Tier!«

Die anderen Mitfahrer reagieren unterschiedlich. Zwei Patienten treten ängstlich und neugierig zugleich zurück. Die beiden Schwestern versuchen, ihn zu beruhigen. Erfolglos. Der Kerl springt auf einem Bein, um mich herauszuschütteln. Ich bleibe eisern.

Seine Augen sind weit aufgerissen. Er zerrt am Hosenbund seiner Pyjamahose, starrt hinein. Unsere Blicke treffen sich. Für einen kurzen Moment verstummt er, bevor er brüllt wie ein Pavian auf dem Kriegspfad.

»Ein Hamster. Ein wilder Hamster!« Er deutet mit seinem Zeigefinger in die Hose und glotzt erneut zu mir herunter.

Ich bekomme langsam ein Hamstertrauma.

»Oder ein Biber, ein wilder Biber!«, kreischt er, während er unaufhörlich weiter auf und ab springt. Dann reißt der Typ sich die Hose hinunter, hält den Bund auf und streckt sein Becken in Richtung der Schwestern.

»Tun Sie doch etwas!«, jammert er.

Die anderen Patienten im Fahrstuhl beginnen zu kichern, während die beiden Schwestern sich wortlos ansehen.

»Das sieht eher aus wie 'n toter Maulwurf!«,

sagt die eine.

»Und dagegen kann man nichts tun«, fügt die andere hinzu. Beide prusten los vor Lachen.

Während der Kerl versucht, sich die Hose ganz auszuziehen, eile ich aus dem Hosenbein hinaus unter den am Boden liegenden Bademantel und flüchte in den Schutz der Bademanteltasche.

Im Erdgeschoss öffnen sich die Fahrstuhltüren. Vom Aufnahmetresen aus gaffen alle in den offenen Fahrstuhl und auf den halb nackten Mann, der um sich schlägt und panisch kreischt.

Zwei Pfleger eilen mit einem Rollstuhl herbei. Versuchen, dem Mann die Hosen wieder hochzuziehen.

»Da ist ein Marder zwischen meinen Beinen!«, ruft er.

»Das Ding wird ja immer größer!«, bemerkt eine der Schwestern kichernd.

Die zwei Pfleger sehen sich und die Schwestern ratlos an, während sie den Mann in den Rollstuhl setzen.

»Ist ein Insiderwitz!«, klärt die Schwester ihre Kollegen auf.

Der Mann wird hinausgefahren. Einige Schaulustige bleiben noch, der Rest zerstreut sich.

12

Die großen, wuchtigen Kühltüren schnappen wie bei einem Rolls-Royce ins Schloss. Die Leiche wird wieder gekühlt.

»Das ist doch mal 'ne gute Information, oder?«, ruft Theo. Er wäscht sich die Hände und versucht, den Oberkörper nach hinten zu lehnen, um aus dem Waschraum hinaus auf den Tisch zu sehen.

»Du kannst rauskommen. Er ist weg!« Theos Augen suchen die Tüte. Er lehnt sich zurück, und als ihm klar wird, dass die Tüte Zwieback nicht mehr auf dem Tisch steht, fällt er vor Schreck hintenüber.

»Scheiße!«, ruft er. »Hey, Ede! Wo bist du?« Hektisch sieht er unter, neben und auf dem Tisch nach. Die Zwiebacktüte bleibt verschwunden. Oh, bitte nicht der Doktor, denkt er sich.

Theo stürmt hinaus. Vielleicht würde er Dr. Fasan noch in seinem Büro antreffen. Ob Schulterratten auch so anstrengend sind? Theo nimmt sich vor, bei Gelegenheit mal seine Kumpels danach zu fragen. Am Aufnahmetresen sagt man ihm, Dr. Fasan sei bereits gegangen. Theo stützt den Kopf in seine Hände. Sie ist weg. Die kleine Ratte. Dieses

Wunder der Natur. Diese einzigartige Verbindung zwischen Mensch und Tier. Da steht der Punk im grünen Kittel mit tätowierten Armen, der Verzweiflung nahe, als vom Fahrstuhl her ein Tumult losbricht.

Ein halb nackter Mann schlägt um sich, wird von Pflegern und Schwestern beruhigt und drumherum jede Menge Schaulustige. Fast wie bei einem Unfall, denkt Theo, nur muss man hier keine Rettungsgasse bilden.

13

Während der mittlerweile wieder angekleidete Patient im Rollstuhl an ihm vorbeigeschoben wird, hört Theo dem Gespräch zweier Krankenschwestern zu.

»Was war denn da los?«

»Der hatte was in der Hose, das er uns unbedingt zeigen wollte!«

»Schon wieder so ein Perverser?«, fragt die Schwester hinterm Tresen mit den Augen rollend.

»Eher ein Verrückter«, antwortet die andere. »Erst war da ein Hamster in der Hose, dann war's ein Biber, und zu guter Letzt soll's ein Marder gewesen sein ...«

Theo horcht auf. Damit konnte nur Ede gemeint sein.

»Und was war es dann?«, fragt die Schwester hinterm Aufnahmetresen neugierig.

»Wenn du mich fragst, nur ein zahnloser Nacktmull.«

Die Schwestern kichern.

Glück gehabt. Der Punk ballt seine Hand zur Siegesfaust. Also muss die Ratte noch irgendwo hier sein.

Ein Pfleger holt den Frotteebademantel aus dem Fahrstuhl und hängt ihn über die Rollstuhllehne, bevor er den

Mann, der sich mittlerweile beruhigt hat, auf sein Zimmer fährt.

Theo beobachtet ihn aufmerksam. Vielleicht hängt das kleine Vieh ja irgendwo zwischen den Streben des Rollstuhls. Nichts. Unwahrscheinlich, dass die Ratte noch in der Hose ist. Also bleibt nur der Bademantel, der über der Lehne hängt.

Theo folgt dem Pfleger mit dem Rollstuhl unauffällig. Sie verschwinden in einem Zimmer. Die Tür schließt sich vor seiner Nase. Er wartet. Irgendwie muss er den Bademantel durchsuchen. Ansonsten hat er keine Idee, wo er den kleinen Nager suchen soll.

Der Pfleger kommt wieder heraus. »Kann ich etwas für Sie tun?«, fragt er forsch.

Theo fällt keine gescheite Antwort ein. Er kann ja schlecht behaupten, er suche seine Ratte. Also haut er einen Satz raus, den er im gleichen Augenblick bereits bereut.

»Mich interessiert der kleine Hamster in der Hose des Patienten.« Augenblicklich arbeitet sein Puls wie ein Presslufthammer.

Misstrauisch sieht der Pfleger den rotschopfigen Punk aus der Pathologie an.

Da Theo nichts Besseres einfällt, zeigt er wortlos auf sein Namensschild an seinem grünen Kittel. Der Pfleger zieht die Augenbrauen hoch. Legt die Stirn in tiefe Furchen.

»Sie gehören in die Pathologie«, sagt er bestimmt. »Wenn Sie der Hamster in der Hose eines Patienten zu interessieren hat, dann nur, wenn der Hamster mausetot ist! Ist das klar?«

Theo nickt kleinlaut, will noch etwas sagen, aber der Pfleger treibt ihn vor sich her.

14

Aus meiner Bademanteltasche höre ich, wie der Kerl sich ins Bett legt, der Pfleger den Bademantel an die Tür hängt und mit dem Rollstuhl hinausgeht.

Ich warte kurz. Die Luft ist rein.

Mit leisen Bewegungen spähe ich über den Rand der Tasche. Ich sehe mich um. Ein Zweibettzimmer. Im anderen Bett liegt jemand und glotzt apathisch auf den Fernseher.

Der eben noch hysterische Kerl aus dem Fahrstuhl sitzt aufrecht in seinem Bett und sieht immer wieder prüfend in seine Hose. Ein Krankenhauszimmer bietet für eine Ratte nicht viele Unterschlupfmöglichkeiten. Zu kahl, zu steril, zu minimalistisch eingerichtet. Neben den Betten stehen jeweils ein rollbarer Nachttisch und ein Besucherstuhl. Ansonsten gibt es hinter der Tür einen sehr schlichten, aber abschließbaren Schrank. Ich sehe mich genau um, finde keinen besseren Platz und beschließe, vorerst in der Frotteetasche zu bleiben.

Wenn die Tür aufginge, könnte ich versuchen zu entwischen. Der karge, in Flutlicht getauchte Flur bietet zwar auch nicht viele Verstecke, aber zumindest hätte ich die Chance, in den Keller zu gelangen.

Der Kerl schaut weiterhin in seine Hose. Wahrscheinlich prüft er, ob alles in Ordnung ist. Aus den Augenwinkeln nimmt der Fernsehjunkie die Bewegung wahr.

»Können Sie damit nicht warten, bis es Nacht ist und ich schlafe?«, schüttelt er sich angewidert.

»Es ist nicht, was Sie denken«, bekommt er zur Antwort.

»Glauben Sie mir, Sie wollen gar nicht wissen, was ich denke!«, beendet der andere das Gespräch und wendet sich wieder seinem Nachmittagsprogramm zu.

Die Tür wird aufgestoßen. Ein Pfleger kommt herein. Junger Mann, schlaksig und pfeifend.

»Wer hat noch schmutziges Geschirr?«, scherzt er und stapelt die beiden Tabletts mit den Resten des Mittagessens übereinander.

»Wer hat denn hier nicht aufgegessen?«, feixt er aufdringlich. »Ihr wisst doch: Schön aufessen, dann funktioniert morgen die Klimaanlage.« Er zwinkert auffällig lange mit dem Auge.

»Ich habe gehört, Sie hatten 'nen Hamster in der Hose?« Der junge Pfleger lacht. »Früher war's der Tiger im Tank, jetzt reicht's nur noch für 'nen Hamster, he?« Er haut auf den Bettpfosten, lacht übertrieben laut über seinen eigenen Witz und stellt die Tabletts auf einen kleinen Rollwagen vor der Tür.

Er ist mir auf Anhieb unsympathisch, aber ich bin ja nicht hier, um Freundschaften zu schließen. Ich springe aus dem Bademantel, um die Tür herum und schlüpfe unter ein paar Tabletts auf den Rollwagen. Im Grunde genommen ein ausgezeichneter Platz für eine Ratte. Alles voller Essensreste. Ein All-you-can-eat-Buffet à la Ratte.

Soweit ich weiß, ist die Küche im Keller. Wie die Pathologie. Wie Theo. Also bin ich mit diesem Rollwagen schon mal auf dem richtigen Weg. Plötzlich höre ich einen Tumult.

»Hey, das ist mein Bademantel!«, schreit jemand.

Ich beobachte Theo, der sich den Bademantel aus dem Zimmer greift und wie ein Strauchdieb damit flüchtet.

Beide Patienten sitzen aufrecht im Bett. Der Fernseher ist vergessen. Im Krankenzimmer sehen sich drei Augenpaare ratlos an.

»War das nicht Ihr Bademantel?«, fragt der Fernsehpatient.

»Na, der muss ja aus Gold gewesen sein!«, lacht der Pfleger.

»Ich hoffe, Ihr Krankenhaus ist gut versichert!«, schimpft der Bestohlene in seinem Bett. Die Überraschung weicht ausgewachsenem Ärger.

Der Pfleger dreht sich zu ihm und zuckt mit den Achseln.

»Hey, ich kümmere mich ums Dreckgeschirr. Sehe ich aus, als hätte ich Ahnung von Versicherungen?« Er winkt ab und trägt die Tabletts raus. Die Tür fällt wieder zu, und während das Diebstahlopfer energisch den Schwesternknopf drückt, wendet sich der andere wieder seinem Fernsehprogramm zu.

Ich linse unter den Tabletts hervor und sehe gerade noch, wie Theo mit dem Bademantel überm Arm ins Treppenhaus verschwindet. Nichts wie hinterher, sage ich mir und hechte ihm nach.

Der Türdämpfer lässt die Treppenhaustür langsam zufallen. Ich muss mich beeilen, um noch dazwischenzupassen. Nur noch wenige Zentimeter. Jetzt noch 'n Brikett nachlegen, denke ich. Endspurt. Die Tür fällt dumpf wie ein Tresor zu. Zum Abbremsen ist es zu spät. Frontalzusammenstoß Ratte mit Tür. Was soll ich sagen? Tür gewinnt, und zwar haushoch.

Für einen Moment bleibe ich benommen liegen. Muss mich erst wieder sammeln. Hier kann ich nicht bleiben. Zu auffällig.

Der unsympathische Pfleger schiebt seinen Geschirrwagen zum nächsten Zimmer. Ich habe keine andere Wahl, ich muss wieder zurück unter die Tabletts, das erscheint mir zurzeit die beste Möglichkeit. Im Laufschritt an der Wand entlang. Mit einem Sprung unter das Geschirr. Abwarten.

Das schmutzige Geschirr stapelt sich mittlerweile turmhoch, und der Pfleger steuert zielstrebig auf den Fahrstuhl zu. Wieder dieses Ping, und dann geht's endlich abwärts. Wir kommen im Keller an. Der Pfleger tauscht den überfüllten gegen einen leeren Wagen, und mit einem erneuten Ping ist er schon wieder auf dem Weg nach oben.

Zaghaft gucke ich unter einem Teller hervor. Vor mir stehen jede Menge Schüsseln mit Nachtisch. Voll mit Zitronenmousse. Viele von denen sind unberührt. Die Patienten haben sie noch nicht einmal probiert. Wie dekadent.

Ich für meinen Teil kann Süßspeisen nicht widerstehen und beginne sofort zu naschen, während ich mir einen

Überblick verschaffe. Eine große Schwingtür führt in die Küche und wird in diesem Moment aufgestoßen. Wie aus einem Western schreitet breitbeinig ein mexikanisch-schwäbischer Buffalo Bill heraus. Er lässt die Tür hinter sich schwingen, ohne darauf zu achten, ob sie ihm ins Kreuz fällt. Um die Hüfte hängt, lässig wie ein Colt, ein kariertes Geschirrtuch. Er trägt einen Schnauzer, der von den Mundwinkeln bis zum Kinn reicht. Wahrscheinlich ist er der fieseste Tellerwäscher in der Stadt. Die dunkel glänzenden Haare stecken unter einer mittlerweile speckigen Hygienehaube. Ein Papierschiffchen, das zwei Nummern zu klein ausfällt, lässt den Geschirrtuchhelden wie einen drittklassigen Zirkusclown aussehen. Er mustert den Geschirrwagen durch kleine, böse wirkende Sehschlitze. Auf seinem Namensschild steht: Pablo – Küche.

Bevor ich von dem Rollwagen springen kann, hat Pablo ihn schon ergriffen und in die Küche gezogen. Die Tür schwingt zu, und ich sitze immer noch unter dem schmutzigen Geschirr. Den Absprung habe ich zwar nicht rechtzeitig geschafft, aber dafür als Stärkung Zitronenmousse zu mir genommen.

Ich finde mich in einer anderen Welt wieder. In einer Geschirrspülfabrik. Abwaschen am Fließband. Pablo räumt schnell wie Billy the Kid den Rollwagen leer. Tabletts werden auf einem speziellen Fließband abgelegt, während Teller und Gläser in unterschiedliche Plastikkörbe sortiert werden. Der Geschirrtuchbandit hat Übung darin. Die Leichtigkeit, mit der er die Teller und Gläser in die Körbe räumt, hat etwas Sportliches. Er ist ein Profi.

Ich verstecke mich weiter unten im Wagen. Allerdings wird mich Billy the Geschirr-Kid bei seiner Geschwindigkeit gleich finden.

Die Schwingtür wird aufgestoßen. Ein weiterer Rollwagen mit Geschirr wird hereingeschoben. Das ist meine Chance. Ich nehme Anlauf. Zumindest die ganze Rollwagenlänge. Mit einem olympiatauglichen Satz hechte ich vom Wagen und springe in drei großen Sätzen Richtung Tür. Diesmal schaffe ich es. Die Tür klappt gerade wieder zu, als ich hindurchschlüpfe. Der Nachschwung der beiden Türflügel erwischt mein Hinterteil und katapultiert mich um drei Meter den Flur hinunter.

Ich rappele mich gerade auf, als wieder ein Ping ertönt. Die Türen schieben sich zur Seite, und als Erstes erkenne ich den roten Schopf meines Lieblingspunks. Genau genommen kann ich gar nicht sagen, dass er mein Lieblingspunk ist. Ich kenne ja nur diesen einen, aber ich bin froh, ihn zu sehen. Er offensichtlich auch. Also, mich zu sehen.

»Na endlich!« Die von ihm abfallende Spannung lässt ihn leicht stottern. »Ich dachte ... schon ... du ... du wärst weg!«

Sofort ist Theo bei mir, ich springe an seinem Hosenbein hoch, klettere am Kittel entlang auf die Schulter und sage fast ein wenig erbost: »Alter, ich wusste gar nicht, wie gefährlich Zwieback sein kann!«

15

Wir sitzen in der Pathologie. Theo fläzt sich im Bürostuhl des Doktors, seine Beine auf dem Schreibtisch, und dreht sich einen Joint.

»Den hab ich mir jetzt verdient!«, murmelt er.

Ich muss Theo erzählen, was passiert ist. Alles.

Auf dem Schreibtisch liegen zwei Packungen Taschentücher. Ich baue mir daraus ein Sitzkissen und lasse mich ächzend hineinfallen.

»Für heute hab ich genug ›Geronimo‹.« Ich bin geschafft.

Theo zündet den schmalen Joint an. Er kommt mir nicht wirklich gedreht vor, eher gefaltet. Das vergilbte Zigarettenpapier fängt sofort an zu glühen, und der Punk nimmt einen tiefen Zug. Inhaliert ihn und hält die Luft an. Hält weiterhin die Luft an. Immer noch. Und immer noch, ich mach mir langsam Sorgen.

»Ey, Alter, vergiss das Atmen nicht, sonst kannst du dich gleich zu dem Bauern in die Kühlschublade legen.«

Theo grinst und pustet hörbar aus. Als ob heiße Luft aus

einem Reifen gelassen wird. Die Wolke umhüllt mich wie dichter Nebel. Ich huste, würge und röchle. Wie eklig.

»Bist du bescheuert?«, huste ich ihn an.

»Relax. Lass es einfach geschehen!« Theos Blick erinnert mich plötzlich an Vollekanne. Meine Gedanken schweifen ab. Der Kuhstall. Das war erst heute Morgen. Ich wusste gar nicht, dass ein Tag so viele Stunden hat, dass so viel passieren kann. Irgendetwas geschieht mit mir. Als ob sich meine Gedanken mit Honig füllen. Theos Gesicht ähnelt immer mehr dem einer Kuh, und als er den Mund aufmacht, um was zu sagen, da höre ich ein lang gezogenes, sonores MUH.

Ich muss lachen. Es kitzelt in meinen Mundwinkeln. Das Lachen verstärkt sich, und als Theo ein weiteres MUH von sich gibt, kann ich mich nicht mehr halten und werfe mich rückwärts in mein Taschentuchsitzkissen. Mein Bauch schmerzt vor Lachen. Theo steigt ein. Tränen fließen aus unseren Augen. Wir lachen so stark. Theo verschluckt sich. Hustet und lacht noch mehr. Mit noch mehr Tränen.

Es ist wie ein Virus. Hoch ansteckend, und je mehr er lacht, desto mehr muss ich lachen und andersherum. Theo zeigt mit dem Finger auf mich. Der sieht aus wie eine Wurst. Wie eine dicke Wurst. Bei dem Gedanken an Wurst verspüre ich sofort Hunger. Heißhunger auf Zitronenmousse. Das war göttlich. Und während ich an die Mousse denke, bilden sich in meinem Mund Schaumblasen von Sabber, so sehr will ich die Mousse.

»Ich hab Hunger«, sage ich.

Theo nickt. »Das ist normal, wenn du stoned bist.« Er trocknet sich die Lachtränen aus dem Gesicht.

»Wir haben hier nix. Der Zwieback ist weg«, grinst er.

»Bleib mir bloß vom Leib mit dem Zwieback«, rufe ich. »Zitronenmousse. Feinste Zitronenmousse.«

Der Punk macht Augen, so groß wie Quallen.

»Klingt lecker!«, antwortet er, und sein Gehirn sendet den Geschmack von Zitronenmousse an seine Zunge.

»Ich weiß, wo jede Menge davon ist!« Ich springe auf, merke aber sofort, dass meine Beine nicht so wollen wie ich. Ich sehe mir Theo an. Seine Bewegungen sind absolut gechillt, in sich ruhend und darauf ausgerichtet, unnötige Kraftaufwendung zu vermeiden. Er fühlt den gelassenen Beat. Ich nehme an, dass dies der Kiffergang ist.

Also mache ich es ihm nach, und siehe da: Ich und mein bekifftes Ich werden eins, laufen synchron. So fühlt es sich also auf Wolken an. Wir latschen den Kellerflur entlang bis zur großen Schwingtür. Eigentlich latscht nur Theo, ich steh wippend auf seiner Schulter und genieße die Vibration. In seinem Mundwinkel glimmt der Joint.

»Da rein?«, fragt er ungläubig.

»Vertrau mir, da gibt's die beste Zitronenmousse.« Mir läuft der Sabber von den Barthaaren.

Der Punk öffnet die Schwingtüren. Dahinter erwartet uns die Abwaschfabrik. Dutzende Plastikkörbe mit Tellern und Gläsern werden auf den gummierten Laufbändern kreuz und quer durch die Halle transportiert. Das klappernde Geschirr, vermischt mit dem Rattern der Fließbandanlage und dem Geschnatter des Küchenpersonals, hört sich für unsere Kifferschädel so dumpf an, als hätten wir warmen Grießbrei in den Ohren.

»Da!«, ich deute auf einen noch vollen Rollwagen. Im unteren Fach stehen mehrere Schüsselchen mit der gelben Mousse. Unberührt.

Die Augen des Punks weiten sich für einen kurzen Moment, bevor sie sich wieder zu Schießscharten verengen. Der Plan ist denkbar einfach. Drei bis vier Schüsseln von der Moussedroge übereinanderstapeln und dann unbemerkt durch die Schwingtür hinaus.

Theo hockt sich nieder und nimmt gerade die ersten zwei Schalen vom Wagen, als von der anderen Seite durch den Wagen Pablos zerfurchtes Gesicht auftaucht. Er sieht Theo direkt an.

»Was machen wir denn hier?« Die Stimme des Geschirrtuchbanditen klingt rauchig und gefährlich.

Theo reißt die Augen auf. Der verwegene Pablo zuckt mit keiner Wimper. Der bekiffte Rotschopf stottert irgendwas Unverständliches. Als er sich aufrichten will, knallt er mit dem Kopf gegen das obere Fach des Rollwagens. Gläser kippen um und fallen klirrend zu Boden.

»Tut, tut mir leid, das wollt ...«, entschuldigt er sich und versucht dabei, die Gläser auf dem Rollwagen festzuhalten, schmeißt aber noch mehr Tassen und Teller hinunter.

Pablo richtet sich auf. Baut sich wie ein Türrahmen vor Theo auf.

»Was soll das hier werden? Polterabend?«, fragt Buffalo Bill drohend. Er nimmt sich das kleine Papierschiffchen vom Kopf und wirft es achtlos auf einen anderen umherstehenden Wagen mit Geschirr.

Theo grinst dümmlich, aber zumindest entschuldigend.

Ich habe mich vorsichtshalber vollkommen mutbefreit in seiner Kitteltasche versteckt.

Sie stehen sich gegenüber. High Noon.

Wäre ich Theo, würde ich den jetzigen Moment für einen guten Zeitpunkt zum Weglaufen erachten. Er bleibt stehen. Plötzlich beginnt er zu lachen. Erst zögerlich, dann immer heftiger, bis es fast hysterisch klingt.

Der Abwaschcowboy neigt leicht den Kopf.

»Du bist der Freak aus der Leichenhalle!«, stellt Pablo fest.

Theo nickt lachend. Langsam kriegt er sich wieder ein. Im Hintergrund klappert das Geschirr in den Körben. Der Punk steht da, wie aus einem Comic entsprungen. Der rote Schopf im grünen Kittel. Zwei Schalen Zitronenmousse in den Händen und einen erloschenen Joint im Mundwinkel.

Pablo mustert den skurrilen Punk scharf. Mit einer fließenden Bewegung holt er aus seiner Hosentasche ein Feuerzeug. Sein Daumen rutscht über den Rollstein. Er hält Theo die Flamme hin. Der Punk sieht ihn fragend an. Buffalo Bill nickt großväterlich, und so beugt sich Theo vor und entzündet seinen Joint an der kleinen Flamme. Ein kurzer Zug, um die Glut zu entfachen, dann gibt er den Joint zögerlich an Pablo. Der inhaliert kräftig und genussvoll. Lässt den Rauch langsam aus der Nase entweichen. Eingehüllt in den Qualm, erinnert er an einen Edgar-Wallace-Darsteller. Augenblicklich entspannen sich seine Gesichtszüge. Ein leichtes Grinsen stellt sich ein. Er nimmt einen weiteren tiefen Zug, bevor er den Joint an Theo zurückreicht. Die beiden ungleichen

Typen sehen sich an. Verstehen sich ohne Worte. Als ob Hasch eine Art Universalübersetzer ist.

Theo reicht ihm eins der Schälchen mit der gelben Mousse. Buffalo Bill versteht, sucht nach zwei unbenutzten Löffeln auf dem Rollwagen und reicht Theo einen davon. Schweigend beginnen sie zu löffeln. Der Heißhunger versetzt mich in eine Art Trance. Ich klettere aus der Kitteltasche heraus, hüpfe in zwei Sätzen auf den Rollwagen und gebe einen kurzen, aber schrillen Pfiff von mir.

Beide sehen mich an.

»Oh, sorry, hatte dich ganz vergessen.«

Während Pablo stumm, aber etwas misstrauisch glotzt, holt Theo eine weitere Schale aus dem unteren Fach und stellt sie mir hin. Sofort stürze ich mich kopfüber in die Mousse. Die zarte, luftige Masse legt sich geschmeidig auf meinen Gaumen, streichelt meine Sinne, prickelt zart. Der Geschmack frischer Zitrone explodiert wie Bauschaum in meinem Mund.

Pablos Augen werden fast von den zusammengezogenen Augenbrauen bedeckt. Fragend sieht er den Punk an und deutet dabei auf mich. Der winkt ab.

»Die gehört zu mir. Alles easy!«, beruhigt Theo ihn.

»Das ist dein Hamster?«, nuschelt er zwischen zwei gehäuften Löffeln.

Er schaufelt automatisch weiter seine Mousse in sich hinein, während er keine Sekunde den Blick von mir wendet.

»Ich bin kein Hamster, sag ihm das!«, rufe ich Theo zu.

Während Buffalo Bill die Mousse verschlingt, bemerkt er, wie der Punk auf mein Gepiepse reagiert.

»Das ist kein Hamster!«

»Ach?«

Beide sehen mir zu, wie ich mich durch die Schale Zitronenmousse wühle. Ab und zu blicke ich hoch. Meine Barthaare triefen vor Mousse. Ich bin im siebten Zitronenhimmel.

»Ich wusste gar nicht, dass Hamster so heiß auf Zitronenmousse sind«, Pablo lacht.

»Ich bin eine Ratte!«, rufe ich erbost dazwischen. Dieses Hamstertrauma verfolgt mich. »Sag ihm das!« Die Küchenhilfe hört mich nur piepsen.

»Ja, ja, ich sag's ihm. Kein Grund, hier so 'n Heckmeck zu machen!«, antwortet Theo.

»Ich mach Heckmeck? Wie würd's dir gefallen, wenn man zu dir Penner sagt, he?« Ich wische mir die Mousse vom Bart.

»Na ja«, antwortet der Punk gelassen, »fängt auch mit P an.« Er bläst mir erneut den Rauch des Joints ins Gesicht. Wir beide sehen uns an und fangen im gleichen Augenblick an zu lachen. Ich pruste etwas von der leckeren Creme über mein Fell. Theo verschluckt sich an der Mousse und lacht hustend. Tränen fließen. Sein Kopf wird gummibärchenrot.

Pablo staunt. »Moment mal, du verstehst diesen Hamster?«

»Der Hamster ist eine Ratte, und ja, ich verstehe sie. Die Ratte ist ein Er und heißt Ede!«, entgegnet Theo. Er muss sich zwingen, nicht mehr zu lachen.

»Ach, hör auf, das ist doch hier Versteckte Kamera!«, ruft Pablo und winkt ab.

FILMRISS

Bäuchlings liege ich auf einem Meer aus Zitronenmousse, versenke dann und wann kurz meinen Kopf in der luftigen gelben Creme und atme die Wolke aus Zitronen tief ein. Ich schlecke mir übers Maul, genieße den Geschmack der säuerlichen Süße. Lasse die Masse genussvoll meinen Gaumen hinuntergleiten. Fühle, wie sie sich ausbreitet und von meinem ganzen Körper Besitz ergreift. Ich bin von Kopf bis Fuß eine große Zitronenmousse. Ich grinse innerlich über meinen zufällig entstandenen Reim. Die Masse aus göttlicher Creme hebt und senkt sich, als sei sie ein Wesen aus Fleisch und Blut. Sie atmet. Die Mousse umschlingt mich wie eine große Mutter, an deren Brust ich sauge. Der stete Atem beruhigt mich, und doch schleicht sich ganz hinten in einer dunklen Kammer meines Rattenhirns ein störender Gedanke ein. Erst nur schemenhaft, dann wird er klarer. Sie lebt. Warum? Wie ist das möglich? Kann die Zitronenmousse leben, atmen? Ich merke, hier stimmt was nicht. Tauche aus den Tiefen der gelben Creme auf. Wie Schlaf wische ich mir die Mousse aus den Augen. Es ist ein Bauch. Ein Bauch aus Mousse. Nein, die Mousse, die ich an meiner Nase und meinen Lippen spüre, sind Reste von den Tellern und Schüsseln, die auf einer Schürze kleben. Wie ein Erdmännchen schrecke ich hoch, sehe mich hektisch um. Ich liege auf Pablos Bauch.

Der Buffalo Bill der Geschirrtücher schläft auf einer der Bahren, die üblicherweise den Leichen vorbehalten sind. Sein Brustkorb hebt und senkt sich mit der Atmung. An seinen Bartenden vibriert ein Rest Zitronenmousse wie toter Quallenglibber. Es ist eklig. Sofort springe ich von ihm hinunter. Theo liegt halb sitzend, halb hängend auf dem Bürostuhl. Mit ein paar Sätzen bin ich bei ihm. Positioniere mich direkt vor seinem Ohr.

»Alter, was ist hier los?«, brülle ich unvermittelt hinein.

Der Punk reißt Arme und Beine hoch, ich muss mich an seiner Schulter festhalten.

»Frauen und Kinder zuerst!«, murmelt er benommen. Dann sieht er mich. »Bist du irre?«

Er reibt sich die Augen. Wir sind nur kurz eingenickt. Im gleichen Augenblick erwacht Pablo auf der Totenbahre und sieht sich um.

»Krasses Zeugs, was du da rauchst.« Er zeigt sein Billy-the-Kid-Westerngrinsen und macht sich auf den Weg zurück in die Küche.

»Man sieht sich«, sagt der Punk und hebt lässig die Hand an die Stirn.

Buffalo Bill dreht sich zu ihm um, denkt nach und zählt mit seinen Fingern.

»Nächsten Freitag ist Mousse-au-Chocolat-Tag«, er lässt grinsend seine Zahnreihe aufblitzen. »Ich halte uns was zurück!«

Theo nickt. »Geht klar!«

»Ach ja, und dein Hamster ist in Ordnung!«, sagt Pablo,

tippt sich wie John Wayne mit zwei Fingern an die Stirn und geht.

»Ich bin kein Hamster!«, schreie ich, aber Pablo hört wieder nur ein aufgeregtes Piepsen.

16

»Wir sind gleich da!«, gibt Theo mir zu verstehen.

Ich habe keine Eile, sondern genieße das Licht der langsam verschwindenden Sonne. Der Himmel ist überzogen mit einer Farbglasur aus Rottönen. Ein Dessert für die Sinne.

Locker federnd stehe ich auf Theos Schulter und halte Mutter Natur für eine gute Malerin. Eigentlich muss ich zurück auf meine Insel in den Kuhstall. Der Tod des Bauern gibt jede Menge Rätsel auf, und meine Pannenfahrer-Ehre gebietet mir, das zu Ende zu bringen, was ich begonnen habe. Obwohl ich streng genommen mit dem Verlust meiner gelben BMW gar kein Pannenfahrer mehr bin.

Beim verlaufenden Farbwechsel der Wolkenschleier schweifen meine Gedanken ab. Wahrscheinlich macht sich mein Rattenclan schon Sorgen, aber mit meinem Barbie-Roller die 11 Kilometer zum Milchhof zu fahren wäre schon ein abenteuerlicher Husarenritt. Ich muss versuchen, irgendwo mitzufahren, oder den öffentlichen Nahverkehr nutzen. Da könnte man sich hinten an der Stoßstange exzellent einklemmen und die Strecke in 20 Minuten schaffen, aber ich nehme erst mal Theos Einladung an, bei ihm zu Hause zu übernachten. Der Punk latscht wippend wie ein Hardrock-Huhn den Bürgersteig entlang. Und wieder genießen wir beide die Blicke, die uns zugeworfen werden. Die Symbiose zwischen Punk und Ratte hat enorme Vorteile. Es ist der einzige Moment, in dem man als Ratte von der Spezies Mensch akzeptiert und nicht sofort erschlagen, vergiftet oder gejagt wird. Sobald also eine Ratte sozusagen als Haustier gehalten wird, verliert sie für den Menschen an Schrecken. Vielleicht sehen die Leute aus diesem Grund so gern einen Hamster in mir? Ein Hamster ist niedlich und harmlos. Aber eine Ratte als Hamster zu bezeichnen ist ein absolutes No-Go!

Hamster sind Zwitterwesen. Halb Meerschwein, halb Maus. Was kann man schon von einem Tier erwarten, das ewig in einem Rad läuft, ohne zu merken, dass es nicht von der Stelle kommt?

Nein, Hamstern ist erstens nicht zu trauen, und zweitens kann man denen nicht trauen, und drittens, ich hoffe, Sie verstehen, was ich meine, trauen kann man denen schon gar nicht.

Theo zwängt sich durch ein Loch unter einen Zaun hindurch. Ich kralle mich an seiner Lederjacke fest, um nicht runterzufallen.

»Was wollen wir hier?«, frage ich neugierig. Wir sind auf einem Schrottplatz. Unzählige Autowracks übereinandergestapelt wie schmutzige Legosteine.

Zwar gibt die tiefe Abendsonne dem Alteisen einen Hauch von van Gogh, aber selbst die Weichzeichnerwirkung kann nicht darüber hinwegtäuschen, dass dies hier nur ein Haufen Schrott ist.

»Hier wohne ich!« Theo sieht mich an.

»Du wohnst auf einem Schrottplatz?« Ich sehe mich um.

Theo zeigt mir einen alten, ausgedienten Wohnwagen. Eine Großfamilie Grünspan schmiegt sich an die Fenster und Türdichtungen.

»Gemütlich«, heuchle ich.

Man könnte meinen, eine Ratte sei einiges gewohnt und nicht so wählerisch. Das mag eventuell für Stadtratten zutreffen, aber eine Ratte vom Land bewegt sich auf einem ganz anderen Parkett. Landratten haben schon gewisse Ansprüche. Auch wenn sich das Rattenloch unseres Clans vor einem Kuhstall befindet, so liegt es doch mitten in der Natur. Wir pflegen biologisches Wohnen.

»Ich denke, dein Alter ist Immobilienhai?«, frage ich.

»Na und?«

»Und da wohnst du in so einer Absteige?«

»Wenn es Euer Hochwohlgeboren nicht entspricht, kannst du dich gern im *Four Seasons* einquartieren.« Theo reagiert etwas zickig.

»Alter, ich bin 'ne Ratte. Ich komm schon klar!« Ich betone das ICH und putze kleine Staubflöckchen von meiner Schulter. »Ich dachte nur, du wohnst bei deinem Vater. Da hätten wir auch gleich stöbern können, was der mit der Bäuerin zu tun hat.«

Theo winkt ab. »Ich will mit meinem Alten nichts zu tun haben. Scheißbonzenpack!«

Er wirft sich auf den Schlafsack. Die durchgelegene Matratze gibt mir das Gefühl, mit dem Hintern im Keller zu schlafen, während der Kopf im ersten Stock liegt.

»Außerdem hat er alle Unterlagen in der Firma.« Theo prüft die umherstehenden Bierdosen, ob eine ungeöffnete dabei ist. Fehlanzeige.

Die Erwähnung seines Vaters wühlt den Punk auf. Mit dem Handrücken wischt er wütend die leeren Dosen vom Regal.

»Ich will mit dieser ganzen Drecksknete nichts zu tun haben!« Theo wird laut. »Weil ich nicht in sein System passe, bin ich einfach weniger wert. Wenn überhaupt, dann habe ich nur einen Minuswert. In den Augen meines Vaters bin ich ein Loser.«

Unruhig fingert der Punk sein kleines Grasbeutelchen heraus und zückt ein Blättchen aus der Packung.

»Na ja, so wie du wohnst, könnte sich einem der Gedanke auch aufdrängen!«, entgegne ich.

»Was weißt du schon?« Er wird bockig.

»Willst du deinem Vater denn gar nicht das Gegenteil beweisen?« Ich versuche, ihn aus der Reserve zu locken.

Er winkt ab. »Meinem Vater muss ich nichts beweisen. Der ist mir egal!« Er leckt das Blättchen an.

Ich versuche, Theo für meine Ziele einzusetzen.

»Willst du ihm mal eins auswischen?«, frage ich jetzt ganz leise. Das schafft mehr Aufmerksamkeit.

Theo blickt fragend hoch, bevor er den Joint zu Ende faltet.

»Die Bäuerin spielt nicht ganz sauber, und dein Vater wird was darüber wissen.«

»Willst du behaupten, mein Vater hätte was mit dem Mord an dem Bauern zu tun?«, empört er sich.

»Nein, aber er weiß mehr als wir. Das ist doch Grund genug, mal zu stöbern.« Ich muss jetzt aufpassen, darf nicht zu weit gehen. »Wenn wir feststellen, dass alles seine Richtigkeit hat, dann ist es ja gut, und du kannst beruhigt sein«, füttere ich ihn. »Aber wenn wir irgendetwas herausfinden, was nicht wirklich koscher ist, dann kannst du vielleicht was dagegen unternehmen.«

Ich halte ihn im Gespräch, damit er sich nicht den Joint anzündet. Denn sonst bleiben wir untätig in dem versifften Wohnwagen liegen und sehen auf die Schimmelflecken an der Decke.

»Na los, Alter. Jetzt ist der Zeitpunkt, deinen Arsch hochzukriegen und zu beweisen, was in dir steckt!«

Das ist vielleicht ein bisschen dick aufgetragen, aber wer tapezieren will, muss ordentlich kleistern, oder »errare kleister est«, wie der Lateiner zu sagen pflegt. Sie wissen schon, was ich meine.

»Ich lass mir doch nicht von einer Ratte erzählen, wann ich meinen Arsch hochzukriegen habe!« Theo ist kurz davor, einzuschnappen. Jetzt kommt es drauf an.

»Du hast recht«, entschuldige ich mich kleinlaut. »Aber vielleicht von einem Hamster?«

Stille.

Theo prustet los. »Für ’nen Hamster bist du ganz schön schlau«, lacht Theo.

»Als Punk stellst du dich auch nicht gerade blöd an!«, entgegne ich.

Wir lachen verschworen. Es ist beschlossene Sache.

»Also brechen wir in die Firma deines Vaters ein!«, sage ich sehr bestimmt.

»Heute Mittag hast du dir fast ins Hemd gemacht, als du diesen Barbie-Roller für 29,90€ klauen solltest, und jetzt denkst du schon an einen Einbruch?« Theo sieht mich zweifelnd an.

»Du hast mich doch dazu getrieben. Und jetzt treibe ich dich an!«

Ein Grinsen schleicht sich in sein Gesicht. Er kramt umständlich sein Feuerzeug aus der Jeanstasche hervor und ist dabei, den Joint in Brand zu stecken.

»Alter!« Ich sprinte dazwischen. »Erst die Arbeit, dann der Stoff!«

17

25 Minuten später stehen wir in der Hafencity vor dem Bürogebäude. Direkt an der Mole im Wismarer Hafen. Hier liegt der bedauernswerte Rest einer einst großen Fischfangflotte am Pier und wartet darauf, in der Abenddämmerung auszulaufen. Die vier Fischkutter strahlen die Hoffnungslosigkeit rumänischer Straßenköter aus.

Ich bin nervös und staune über die alten hanseatischen Speicher, die mit viel Glas und Metall den alten Charme der Hanse mit der Moderne auf äußerst geschmacklose Weise verbinden. Sie gleichen einem architektonischen Auffahrunfall. Mein Blick klettert die sechs Stockwerke hinauf.

»Welches Büro gehört deinem Alten?«

»Alle!« Theo sieht ebenfalls hinauf.

»Respekt!«, pfeife ich anerkennend, »dann erbst du ja mal ein kleines Vermögen!«

»Pah!« Der Rotschopf winkt ab. »Gehört alles der Bank. Nicht mal unser Haus gehört uns noch. Alles verpfändet, beliehen und mit Hypotheken belastet – hoffnungslos überschuldet.«

»Das heißt, du erbst nix?«

»Doch, ich bin Alleinerbe einer schönen Stange Schulden!« Der Punk blickt mich an und grinst. »Mein Alter wahrt nur den Schein, um den einen großen Deal zu machen, wie er immer sagt.« Theo winkt ab und steuert die Mole an.

Die Sonne macht sich für den Tauchgang in der Ostsee bereit.

»Müssen wir nicht warten, bis es dunkel ist? Einbrüche begeht man doch nachts, oder?«

Der Punk setzt sich breitbeinig auf einen Poller an der Mole. »Sobald es dunkel ist, sehen die Pförtner viel genauer hin. Ich bin hier öfter. Wir nehmen den Seiteneingang.«

Ich weiß nicht genau, was der Punk meint. Seit ich mit Pumuckl in Lebensgröße unterwegs bin, war ich keine Sekunde unbeobachtet. Optisch sind wir so auffällig wie ein Pavianarsch im Schnee.

Theo schlurft, ohne aufzusehen, am Pförtner vorbei, hebt kurz die Hand zum stummen Gruß und zeigt auf die zwei Bänke und dazugehörigen Mülleimer an der Mole.

Im Magen des Pförtners beginnen die Zwiebeln der soeben verspeisten Pizza langsam mit der Gasbildung und geben den Luftdruck an den Darm ab.

Der Pförtner kennt den abgerissenen Rotschopf. Er sammelt Pfandflaschen aus den Mülleimern an der Mole. Wohlwollend nickt er ihm zu, während im gleichen Moment der Druckausgleich im Darm einsetzt und mit einem Flattern der Pobacken ein Gasgemisch in dem kleinen Pförtnerhäuschen freigesetzt wird, das an verschimmelte Jauche erinnert. Sofort nach Wahrnehmung des ersten Geruchsfetzen reißt er seine Pförtnertür auf und stürmt hinaus.

»Wie kann so eine leckere Pizza einen solchen Geruch hervorbringen?«, murmelt er angewidert.

Abgelenkt durch seine Körperentlüftung sieht er nicht, wie Theo und ich durch die Seitentür in das Treppenhaus verschwinden. Geschafft.

Mein Adrenalin schnellt in die Höhe, während die Punkerstiefel immer zwei Stufen auf einmal nehmen. Treppauf bis zum sechsten Stock.

Ich kralle mich am Kragen seiner Lederjacke fest und bin von der Kondition des kiffenden Punks beeindruckt, bis er im dritten Stock plötzlich stockt, keucht und wie ein Karpfen im Netz und nach Luft ringt.

»Leistungssportler geht anders«, unke ich.

Theo kann nicht antworten. Saugt die abgestandene schwüle Treppenhausluft tief in seine Lungen. »Ich kotz gleich«, krächzt er wie ein asthmatischer Rabe. Den Rest der Stufen schleppt er sich hoch. Vom Leistungssportler ist nichts mehr zu sehen, stattdessen schleicht sich unweigerlich das Bild eines sedierten Cocker Spaniels in meinen Kopf. Während er sich die letzten Stufen hochhangelt, hoffe ich, dass Theo niemals in die missliche Lage kommen sollte, flüchten zu müssen. Er wäre für die Polizei, den Wachdienst oder sogar eine Horde Nacktschnecken eine leichte Beute.

Im sechsten Stock empfängt uns eine Glastürenfront mit einem riesigen eingravierten Schriftzug.

THEODOR MATHIJES

Ich kann mir ein Lachen nicht verkneifen.

»Du heißt so wie ein Fischbrötchen?«

»Oh, wie witzig. Das habe ich ja noch nie gehört.« Theos Stimme ändert sich schlagartig. Schon im Kindergarten wurde er wegen seines Namens gehänselt. Sein Spitzname war Fischbrötchen. Kein Wunder, dass er sich zum Außenseiter entwickelt hat. »Außerdem wird der Fisch anders geschrieben«, fügt Theo stirnfaltig an. Es klingt so, als hätte er diesen Satz schon zigtausendmal gesagt.

»Schon gut, Alter. Entspann dich«, sage ich. »Du trägst den Vornamen deines Vaters?«

»Tolle Idee, nicht wahr?« Theo ist weit davon entfernt, sich zu entspannen. »Was glaubst du wohl, wie sich das anfühlt, als ›Theo, das Fischbrötchen‹ die Schulzeit im Internat zu überstehen?«

Er macht sich an das Türschloss, das durch ein Tastenfeld mit einer Zahlenkombination gesichert ist.

»Also, bei mir wärst du Theo, das Mohnbrötchen, gewesen.«

Eine Anspielung auf seine Sommersprossen.

Bedrohlich langsam dreht er den Kopf zur Seite, sieht mir direkt in die Augen.

»Weißt du, was du bist?«, seine Augen sind schmal wie Scheckkartenschlitze, »du bist ein ... Barbie-Hamster!«

Ich ziehe ihn sanft am Ohrläppchen. »Siehst du, wir verstehen uns!« Flink klettere ich an ihm hinunter.

Der Punk fingert den kleinen Roller aus der Innentasche und stellt ihn vor mir ab.

»Woher kennst du die Zahlenkombination?«, frage ich, während ich auf meinen Einhornglittersattel aufsitze.

»Mein Alter hat immer schon mein Geburtsdatum rückwärts genommen.«

Er tippt die entsprechenden Tasten.

»Siehst du, er liebt dich«, sage ich zu ihm. Ich bin bereit, auf meinem pinken Sternchenroller hineinzurasen.

»Vergiss es! Mein Geburtsdatum ist der Todestag meiner Mutter. Deswegen hat er die Kombination!«, antwortet der Punk.

Kein Klacken oder Summen ist zu hören. Theo drückt gegen die Tür. Verschlossen. Er gibt die Zahlenkombination erneut ein. Diesmal langsamer. Wieder kein Ton. Der Punk drückt kräftig gegen die Tür.

»Scheiße!«, ruft er und klopft mit der Faust an die Glasfront.

»Alter, weißt du etwa nicht, wann du geboren bist?« Ich behalte eine Anspielung bezüglich Kiffen und Gedächtnisleistung in diesem Moment für mich.

»Klar weiß ich, wann ich Geburtstag habe! Er muss die Kombination geändert haben.« Der Punk lehnt seinen Kopf an die Glastür. »Verflucht!«, ruft er und haut mit der Faust noch mal dagegen.

»Und jetzt? Gibt es einen Plan B?«, frage ich, immer noch mit meinem Tussiroller in Pole Position wartend.

»Nix Plan B. Das war's!«

»Alter, so einfach gibst du auf?« Ich steige von meinem Roller ab und stelle ihn lässig auf den Seitenständer.

»Eine Ratte kommt überall irgendwie rein. Es muss doch Lüftungsschächte oder Kabelkanäle geben?«

Ich bin gerade dabei, mich umzusehen, da taucht hinter

der Glastür eine junge Frau auf. Sie wirkt erschrocken. Die Augen unter dem blonden Pony weit aufgerissen. Als sie Theo erkennt, öffnet sie von innen über die Tastatur die Tür.

»Theo.«

»Frau Kats.«

Beide wirken überrascht.

Ich bemerke sofort, was los ist, und verstecke mich hinter Theos Ferse.

»Ich hatte noch zu tun und hab ganz in Gedanken von innen verriegelt.« Sie stottert zu viel. Ihre Haare stehen quer, der Rock sitzt leicht verdreht, und ich erkenne, dass sie unter ihrer Bluse keinen BH trägt.

Theo steht genauso verdattert da wie die Kats.

»Dein Vater«, sie stockt schon wieder, »ist schon weg.« Irgendwo hinten in den Räumen klingelt ein Handy. Sie schauen sich an. Gefühlt Minuten.

»Einen Moment, Theo«, lächelt sie entschuldigend und schuldbewusst zugleich und verschwindet nach hinten.

Theo sieht ihr fassungslos nach.

Ich zerre an seinem Hosenbein.

»Die Kats vernascht gerade den Fisch!«, sage ich süffisant.

Der Punk glotzt bewegungslos wie eine Plakatwand.

»Hä?«

»Na, dort hinten knabbert die Katze an dem Matjes!« Ich zeige in die hinteren Räume.

»Ey, die Kats ist gerade mal Mitte zwanzig. Die könnte meine Schwester sein.« Theos Stirn wird runzlig.

»Deine Schwester wird das jedenfalls nicht, eher deine Stiefmutter!«, feixe ich.

»Das glaube ich nicht. Seit dem Tod meiner Mutter hat der nie wieder eine Frau angeguckt.«

»Ist auch egal«, sage ich. »Los! Rein jetzt und umsehen. Die Chance kriegen wir nie wieder!«

Aus den hinteren Räumen hören wir die Kats das Telefonat beenden, und gerade als Theo den Flur betritt, kommt ein junger Mann in Wachmannuniform aus einem der Zimmer.

»Es ist alles klar mit dem Fenster!« Sein Kopf glüht wie ein Hochofen, und dümmlich grinsend erscheint auch die Kats wieder und bedankt sich auffällig laut, als ob sie damit die Situation erklären könnte.

So dämlich muss man erst mal lügen können, denke ich und nehme die Pole Position auf meinem Rennroller wieder ein.

»Ich geh nur schnell auf die Toilette, dann verschwinden wir wieder, äh, ich wieder«, korrigiert sich Theo, während sich der Wachmann an ihm vorbeischleicht. Beide grüßen sich stumm und nicken.

»Ja, ich geh dann auch!«

Der Dialog wirkt so dermaßen aufgesetzt, eine Daily Soap ist dagegen Reinkultur in Höchstform.

»Halt sie hin, ich seh mich um«, flüstere ich Theo zu. Er nickt, zeigt mir unauffällig den Weg zum Büro seines Vaters.

Lautlos summt mein Roller den Flur hinunter. Vor der Türzarge verlagere ich mein Gewicht und tippe kurz auf die Fußbremse. Der Hinterreifen schiebt sich wie ein hüpfender

Radiergummi über den Boden. Ich reiße den Gashebel auf und verschwinde in dem weitläufigen Büro des Fischbrötchen-Vaters.

Theo steht hinter der Toilettentür und lauscht. Er hört die Kats und den Wachmann tuscheln. Es ist zu leise, er kann nichts verstehen, ist aber irgendwie beruhigt, dass sein Vater nichts mit der jungen Sekretärin hat.

Der Punk hat seine Mutter nie kennengelernt. Sie ist bei seiner Geburt gestorben, und auch wenn sein Vater es immer wieder bestritt, so gab er indirekt und unbewusst Theo die Schuld für den Tod seiner Frau. Theos Muttterersatz war die uralte Haushälterin Frau Berger gewesen, die wahrscheinlich schon am Bau der Arche Noah mitgewirkt hatte. Im Nachhinein betrachtet, hat Theo erkannt, dass Frau Berger, selbst nie mit Kindern gesegnet, eine Art defizitäres Trauma an ihm auslebte. Schon im Kinderwagenalter wurde Theo in bunte und ausgefallene Kindermode gekleidet. Seine Baby- und Kinderfotos sind der eindeutige Beweis. Er trug über der dicken Windel gelbe Strumpfhosen und rote Pullover mit kleinen blauen Äffchen drauf. Ein Foto zeigt ihn im Winter mit einer sibirischen Bärenfellmütze und einem hellen Lederwintermantel im Stil Doktor Schiwagos.

Sobald Frau Berger nur die Struktur eines Fleckens auf einem Kleidungsstück entdeckte, wurde das Kind ausgezogen, gebadet, geföhnt, gecremt und frisch eingekleidet.

Wie oft stand er als Kind auf dem Spielplatz im Kinderanzug mit blauer Bärchenkrawatte im Sandkasten und durfte sich unter den Argusaugen Frau Bergers auf keinen

Fall mit den anderen Kindern hinknien, geschweige denn in den Sand setzen. Während die anderen Gören sich gegenseitig mit Kleckermatsch bewarfen oder mit kleinen Baggern und Kranwagen große Kiesgrube im kleinen Sandkasten spielten, stand der kleine gestriegelte Theo am Rand und stocherte mit einem geputzten Silberlöffelchen im Sand herum.

Die anderen Kinder hatten Schaufeln, Eimer und sogar Schwerter aus Plastik, mit denen sie aufeinander losgehen konnten. Theo hatte nur einen blitzenden Silberlöffel. Kein Wunder, dass er ein schräger Kauz wurde, und erst recht überraschte es nicht, dass ihn die anderen Kinder hänselten. Als der kleine dicke Max, eines der Nachbarskinder, Theo das Plastikschwert mit den Worten »Tod dem Fischbrötchen« an die Kehle hielt, da veränderte sich etwas in dem fünfjährigen Theodor.

Furchtlos und vollkommen ruhig nahm er seinen kleinen Silberlöffel, schob damit langsam das Plastikschwert des dicken Nachbarjungen weg und flüsterte mit einer Stimme, so emotionslos wie Stein: »Wenn du nicht aufhörst, werde ich dir mit dem Silberlöffel deinen Popel rauslöffeln und ihn den Katzen zum Frühstück geben!«

Max' Babyspeck hatte vor Angst gezittert wie Wackelpudding. Zwar ließen die Kinder seitdem von Theo ab, aber er war mehr denn je ein Sonderling.

Während der Punk auf der Toilette in den Erinnerungen seiner Kindheit wühlt, arbeite ich mich durch Papiere und Notizen auf dem Schreibtisch seines Vaters.

Im Kalender sind einige Treffen mit der Bäuerin vermerkt, allerdings auch mit dem Bauern. Theo senior hat die Eheleute wohl schon vor Wochen getroffen. Hinter dem Eintrag vom ersten Treffen mit dem Milchbauernehepaar steht ein Wort:

»Breitling«.

Ist das nicht irgend so eine Schmuck- oder Klamottenmarke?

Auf einer hölzernen Schale liegen Weintrauben und ein paar Äpfel. Ich greife mir eine Traube und sehe die Werbung in einer Segelzeitung vor mir.

Breitling ist eine Uhr. Eine teure Nobeluhr.

Ich sehe mich weiter um. Versuche, in die Schubladen zu klettern. Nichts als Kugelschreiber und Krimskrams. In einer anderen Schublade liegt die Zeichnung einer Stadt oder eines Dorfes. Sieht wichtig aus.

Weiter zu den Aktenschränken. Ich balanciere auf den Akten herum, als einer der Ordner unter meinem Gewicht nachgibt. Meine Arme rudern in der Luft. Ich suche Halt, klammere mich an den nächsten Ordner, und bevor ich weiß, wie mir geschieht, fallen drei Ordner aus dem Regal und landen krachend und polternd auf dem teuren Parkettboden.

Im Flur kommt Theo gerade aus der Toilettentür. Er, der Wachmann und die Kats sehen sich fragend an, als sie den Lärm aus dem Büro des Chefs hören.

Theo weiß sofort, dass der nur von mir kommen kann, und läuft los. Der junge Wachmann sprintet hinterher. Ich stehe auf dem Regal und halte mich an dem Ring eines Ordners fest. Vor mir Unterlagen und jede Menge Baupläne mit der Überschrift »Breitling«. Aus den Augenwinkeln sehe ich Theo und den Wachmann durch die Tür stürmen. Beide blicken auf den Aktenstapel auf dem Fußboden. Hinter den beiden erscheint die Kats im Türrahmen, schaut auf die Unordnung und dann nach oben ins Regal.

Mit einem schrillen Schrei, der Spanplatten zum Leben erwecken könnte, signalisiert sie, mich gesehen zu haben. Dazu kreischt sie »Ratte, eine Ratte«. Der Wachmann greift zu den Golfschlägern, die neben der Tür im ledernen Golfwagen stehen.

Jetzt wird's sportlich, denke ich mir.

Theo läuft zu mir hinüber, aber der Wachmann ist schneller und schlägt mit dem 9er-Eisen eine Schneise quer in die Aktenordner. Ich springe mit dem Dutzend Ordner, das hinabfällt, runter und lande zwischen den Deckeln eines Ordners. Erst mal geschützt. Die Kats schreit hysterisch: »Hast du sie, Robert? Hast du sie erwischt?«

Offensichtlich heißt der Wachmann Robert. Er und Theo bahnen sich ihren Weg durch die am Boden verstreuten Akten. Robert stochert mit dem Golfschläger wie mit einer Müllzange zwischen den Aktendeckeln herum. Unter den Deckeln kann ich mich unbemerkt davonmachen. Sie bilden unbeabsichtigt einen optimalen Fluchttunnel.

Mein Roller steht am Schreibtisch. Ich hechte den Meter zwischen dem letzten Aktenordner und meinem Roller elegant durch die Luft.

»Da ist sie!«, schreit die Kats wieder dazwischen. Wenn die Situation nicht so brenzlig wäre, würde ich sie loben. Sie ist bisher die Einzige, die mich sofort als Ratte identifiziert und nicht für einen Hamster oder ein Meerschweinchen gehalten hat.

Aber dafür fehlt mir im Moment eindeutig die Zeit.

Ich schwinge mich auf meinen Flower-Power-Roller, reiße den Gasgriff voll auf. Offensichtlich war die Putzfrau noch nicht da, denn unterm Schreibtisch liegen Staub und etwas Sand, was meinem Hinterreifen optimalen Grip bietet. Der pinke Blitz schießt nach vorn wie ein gedoptes Rennpferd.

Neben mir schlägt eine Kanonenkugel ein. Das 9er-Eisen von Robert donnert ins Parkett. Ich spüre die Erschütterung und höre die Kats kreischen.

An die Kratzer im teuren Holzboden mag ich gar nicht denken. Mein Roller wirft sich in die Kurve. Ich umfahre im Slalom drei Stuhlbeine, vorm vierten schmeiße ich mich mit meinem ganzen Gewicht in die Fußbremse. Quietschend bleibt mein Barbie-Roller stehen. Vor mir eine freie Ebene. Gute zehn Meter bis zum gläsernen Couchtisch. Jetzt wie ein Hase Haken schlagen, geht es mir durch den Kopf. In Gedanken bediene ich Bremse und Gas. Theoretisch möglich. Beide Hände umklammern den Lenker. Vollgas. Mein Barbie-Blitz bockt auf, sprintet hinterm Stuhlbein hervor. Über mir nehme ich Roberts Schatten wahr. Ich verlagere mein Gewicht und trete in die Fußbremse, lasse den Gasgriff voll aufgedreht, reiße den Lenker herum, runter von der Bremse, und schon hat mein Maschinchen eine 30-Grad-Wendung hingelegt.

Der eiserne Klotz des Golfschlägers saust neben mir

herab, schlägt auf dem Holz auf und schwingt zweimal nach. Ihm muss die Hand wehtun bei diesem Rückschlag.

Zweimal noch spiele ich das Bremsen-Gas-geben-Spiel, bevor ich unter dem Tisch Schutz finde. Aber ich habe nicht mit dem blinden Enthusiasmus des testosterongesteuerten Wachmanns gerechnet, dessen Golfeisen mit Wucht die gläserne Tischplatte zersplittert. Ich ziehe den Kopf ein und rase unter dem Splitterregen hindurch. »Geronimo« schreie ich innerlich.

»Bist du bescheuert, Robert!«, kreischt die Kats, der das ganze Ausmaß der Rattenjagd jetzt erschreckend klar wird.

Theo geht zu dem Wachmann und nimmt ihm den Golfschläger aus der Hand.

»Sie sollten lieber gehen!«, sagt er bestimmt.

»Ja, verschwinde, du dämlicher Trottel!«

Robert sieht sich das Schlachtfeld an, das er hinterlassen hat, und nickt stumm. Seinen Job ist er wahrscheinlich los. Alles nur wegen dieser Ratte.

Die Kats sieht Theo entschuldigend an. »Wir haben nur ein bisschen Spaß gehabt!«, versucht sie zu erklären.

»Hier sieht's eher nach ein bisschen mehr aus!« Er sieht sich im Büro um, sucht mich.

Ich verschnaufe kurz unter der Couch, wische vorsichtig feine Glassplitter aus meinem Fell. Eine Schramme zieht sich halb unterm linken Auge entlang. Ich blute.

Während Theo versucht, mit der aufgewühlten Sekretärin einigermaßen Ordnung zu schaffen und zumindest die Akten wieder zurück in die Regale zu stellen, gebe ich Gummi und sause durch die Tür in den Flur.

»Wie soll ich das deinem Vater erklären?« Die Kats ist am Boden zerstört. Sie fürchtet um ihren Job. In Wismar sind Jobs so selten wie ein Sechser im Lotto.

»Sagen Sie ihm einfach die Wahrheit!«

»Was? Dass der Wachmann mit seinem Golfschläger eine Ratte auf einem pinken Motorrad gejagt hat?« Sie sieht Theo lange an.

Der Rotschopf reagiert nicht. Nicht die kleinste Sommersprosse zuckt in seinem Gesicht. Er setzt einen zweifelnden Blick auf, legt seine Stirn in Falten.

»Das hast du doch auch ...«, die Kats stockt. »Du hast die Ratte doch auch auf dem Motorrad gesehen, oder?« Sie beginnt, an ihrer Wahrnehmung zu zweifeln.

Theo zuckt mit den Schultern. »Ich wollte nur aufs Klo!«, sagt er und geht.

Die Sekretärin seines Vaters tut ihm zwar leid, aber was tickt das Blondchen auch gleich so aus, nur weil sie eine Ratte sieht.

Robert, der Wachmann, wollte sich vor seiner Perle zum starken Macker aufspielen. Der hat auf ganzer Linie verloren. Der Punk schmunzelt bei dem Gedanken.

Die blonde Kats spielt zwar nicht in seiner Liga, aber solchen Hohlbirnen wie dem Wachmann gönnt er sie nicht. Sie ist hübsch und sexy, aber er ist von solchen Mädels meilenweit entfernt.

Als er kurz vor der Glasfront steht, macht er kehrt und geht zurück in das zerstörte Büro.

Ich warte auf meinem Roller hinter einem Schirmeimer.

Warum geht er jetzt zurück? Wir könnten so schön abhauen. Mir bleibt nichts anderes übrig, als zu warten.

Im Büro hockt die Kats verzweifelt über den Glasscherben des Designer-Couchtisches. Tränen ziehen Schlieren von verlaufenem Make-up in ihr Gesicht. Wenn sie jetzt noch mit den Fingern rübergeht, hat sie Kriegsbemalung, geht es Theo durch den Kopf.

»Sag ihm einfach, ich war's.« Der Punk bleibt an der Tür stehen. Irgendwie tut sie ihm leid, diese harmlose Sekretärin. Er sieht sie an. Sie hat ein sehr hübsches Gesicht. Hohe Wangenknochen, Stupsnase und viel zu stark blondierte Haare. Theo kann nicht verstehen, warum man sich absichtlich dumm färbt. Seine roten Haare sind Natur. Nicht, dass sie ihm gefallen, aber sie passen zu seinem Punkstil. Er ist Außenseiter, vom Scheitel bis zur Sohle.

Sie schluchzt ein unverständliches »Danke« und fällt ihm um den Hals. Nur kurz. Sofort löst sie sich wieder. Die Umarmung war flüchtig, aber die Dankbarkeit bleibt.

Theo dreht sich um, will gerade gehen, als sie ihn erneut anspricht. »Aber du hast die Ratte auf dem Roller doch auch gesehen?« Sie sieht ihn an. Flehend. »Hast du doch, oder?«

Er wird ihr nicht die Wahrheit sagen.

»Wie ist deine natürliche Haarfarbe?« Sein Blick wandert an einer Haarsträhne entlang.

»Brünett«, stottert sie, überrascht von der Frage.

»Wie nett«, sagt er.

Gerade will sie etwas erwidern, als es über mir scheppert.

»Da bist du ja!« Der Hass in Roberts Stimme ist unüberhörbar.

Der blecherne Eimer schlägt gegen meinen Gepäckträger und gibt mir einen Stoß. Ich versuche, den Schlag mit einem Vollgasmanöver zu kompensieren. Doch meine PS reichen nicht aus. Ich schlingere mit dem Hinterreifen an der Fußleiste entlang. Der rechte Außenspiegel bricht bei der Kollision mit der Wand ab, und der kleine Koffer auf dem Gepäckträger schleift an ihr entlang.

Mit Stiefeln, Schuhgröße 44, tritt der Wachmann nach mir, versucht, mich zu erwischen. Dann hat er mich. Ein Stiefel vor, einer hinter mir. Ich sitze in der Klemme. Steige voll in die Eisen. Mein Roller kommt mit einem Satz zum Stehen. Mit dem fiesen Grinsen eines sadistischen Schlachters beugt er sich zu mir herab. Seine Augen sind beängstigend verdreht. Wie eine Glocke stülpt er den umgedrehten Schirmständer über mich.

Es wird dunkel. Das war's. Ende. Aus.

Theo und die Kats stürmen in den Flur, sehen, wie der Wachmann auf dem umgedrehten Schirmeimer sitzt und grinst.

»Ich hab das Mistvieh! Jetzt mach ich es kalt!«

Er holt sein Schweizer Taschenmesser hervor.

18

Ich werde nicht kampflos aufgeben, schwöre ich mir im dunklen Schirmeimer. Die Stimmen klingen hohl, wie durch ein Schnurtelefon aus Konservendosen.

Robert sitzt auf dem Blecheimer. Gleicht einem aggressiven Buddha, stolz und schadenfroh zugleich.

»Wenn mir jetzt jemand eine Fußmatte oder einen Karton reicht, dann fange ich das Vieh ein und versenke es im Hafen.«

»Robert, du hast schon genug angerichtet!« Die Kats wischt sich die Tränen aus dem Gesicht. »Verschwinde endlich!«

»Nicht ohne meine Trophäe!«, trötet der Wachmann bockig und klopft zweimal gegen den blechernen Eimer.

Theo erkennt den Ernst der Lage. Unter seinen roten Haaren arbeitet das Punkhirn im oberen Drehzahlbereich. Irgendwie muss er mich hier rausholen.

Die schwarzen Arbeitsstiefel des Wachmanns ziehen die Fußmatte von der Tür heran.

»Damit werde ich sie einfangen!« Er schiebt vorsichtig die geriffelte Filzfußmatte unter den Schirmeimer.

Durch den einfallenden Lichtschlitz kann ich Theos Füße sehen. Er steht direkt vor mir. So nah und doch so fern. Der Filz schiebt sich unter meine Krallen, und sobald die Matte komplett unter dem Eimer ist, verdunkelt sich mein Gefängnis wieder.

Robert macht Anstalten, aufzustehen und den Blecheimer samt Matte hochzuheben, als dem Punk endlich eine Frage von der Zunge rollt.

»Sind Sie sicher, dass da überhaupt was drunter ist?« Er sieht den Wachmann zweifelnd an.

»Absolut!«, nickt dieser zufrieden.

Theo schüttelt den Kopf. »Glaube ich nicht!«

»Ach ja? Wirst du ja gleich sehen, wenn das Vieh im Hafen ersäuft!« Die Vorfreude lässt ihn wiehern.

»Ich kann bei so was gar nicht hinsehen«, piepst die Kats.

»Wird man auch nichts sehen, weil da gar nichts drunter ist!«, behauptet Theo frech.

Ich sitze auf der Filzmatte und höre gespannt zu. Welchen Plan verfolgt er?

Robert überlegt mit dümmlichem Gesichtsausdruck, dann huscht ein Grinsen über seine fleischigen Lippen.

Theo fragt sich, wie die Kats auf einen solchen Typen stehen kann. Der Wachmann ist so attraktiv wie eine Abrissbirne.

»Dann erledigen wir das Vieh gleich hier!«, ruft Robert entzückt. »Lasst uns einfach kochendes Wasser hineinkippen, dann ist das Rattenvieh zumindest hygienisch tot!«, lacht er.

»Na toll, Theo!«, flüstere ich, »vielen Dank auch. Im Hafenbecken hätte ich überleben können, aber in kochendem Wasser ist meine Überlebenschance gleich null.«

Der Punk verschluckt sich vor Überraschung. Damit hat er nun wirklich nicht gerechnet.

»Also …«, er räuspert sich, hustet. Speichel ist in die Luftröhre gekommen. Er kriegt kein Wort heraus. Röchelt, als ob er seine Lunge vor den beiden ausstülpen möchte.

Die Kats klopft ihm besorgt auf den Rücken, während der Wachmann hilflos dreinschaut.

Theo hustet, ist kurz vorm Kotzen. Nachdem er sich zuerst nur verschluckt hat, verselbstständigt sich der Anfall jetzt und mündet in einem Würgen und Röcheln.

Stützend greift die Kats unter seine Arme. Sie ist besorgt. Schließlich ist er der Sohn vom Chef.

»Steh auf, Robert!«, zischt sie, »er muss sich hinsetzen.«

Theo steuert zielsicher den umgedrehten Schirmeimer an, setzt sich drauf.

Fürs Erste bin ich gerettet, doch im selben Augenblick höre ich den Wachmann aus der Küche rufen: »Ich setz schon mal den Wasserkocher auf. Die Ratte werde ich weich kochen!«

Der Punk hustet hörbar laut weiter, versucht, die ganze Aufmerksamkeit auf sich zu lenken.

»Robert, bring Wasser!«, schreit die Kats Richtung Küche. »Der erstickt uns hier.«

Ich sitze auf meinem Roller, der Gasgriff ruht in meiner

Pfote. Ich muss ihn nur aufdrehen, und schon könnte ich davonsprinten. Kurze Zeit später kommt der Wachmann widerlich grinsend aus der Küche zurück. Theos Gesicht hat mittlerweile die Farbe seiner Haare angenommen. Der Hustenreiz entwickelt sich zum ernsthaften Erstickungsanfall.

»Hier, kaltes Wasser für den Kleinen«, er reicht der Kats eine Wasserflasche, »und kochendes Wasser für das Rattenvieh!«, fährt er fort und hält voller Stolz den dampfenden Wasserkocher in die Höhe.

Bei dem Gedanken an das kochende Wasser läuft's mir kalt den Rücken runter.

Theo hustet weiter, schlägt die Wasserflasche aus, die ihm die Kats reicht, und rutscht von dem Schirmeimer auf die Knie.

»Notarzt!«, versucht er zu rufen, aber man versteht nur ein krächzendes »Nur das«.

»Nur was?«, fragt Robert, und Theo röchelt erneut »Notarzt!«.

Die Kats rennt zum Telefon. Sie hat verstanden.

19

»Die kleine Ratte werde ich jetzt langsam mit Heißwasser aufgießen. Gleich weiß das Vieh, wie es sich anfühlt, ein Teebeutel zu sein!«

Die Kats hält Theos Kopf. Er hustet und ringt wie ein Ertrinkender nach Luft. Ich würde mir ernsthaft Sorgen um den Rotschopf machen, wenn ich nicht gerade damit beschäftigt wäre, zu überleben.

»Du Arschloch!«, schreit die Kats, nimmt zwei Schritte Anlauf und tritt kurzerhand und fest entschlossen mit ihren spitzen Pumps in den Schritt des Wachmanns.

Sie erschrickt selbst über ihren Ausbruch, und dann geschieht alles sehr, sehr schnell.

Roberts Schrei bleibt irgendwo zwischen Genitalien und Brustkorb im Schmerzstau hängen. Stattdessen entweicht ein Atemstoß seiner Kehle, der klingt, als ob man auf ein leeres Tetrapak hüpft. Die Kats hat das Blut aus seinem Schritt direkt in den Kopf getreten. Sein Gesicht verfärbt sich mit der Geschwindigkeit eines geplatzten Farbbeutels. Wie ein leerer Ballon sackt er zusammen. Eine Hand im Schritt, eine am Wasserkocher. Er sinkt vor Schmerz auf den

Schirmeimer. Den dampfenden Wasserkocher in seiner rechten Hand lässt er vor Schreck fallen, versucht, ihn aber im gleichen Augenblick noch zu halten, fasst umständlich nach, während die Tränen aus seinen Augen fließen. Durch das Nachfassen dreht sich der Wasserkocher in der Luft, und der kochend heiße Inhalt ergießt sich in seinen Schoß und auf seine Oberschenkel.

Roberts Männlichkeit ist jetzt geschnetzelt und gekocht. Die Laute, die aus dem Wachmann herauskommen, klingen eher nach einem Alien als nach einem Menschen. Er springt hoch, stößt dabei den Schirmeimer um und rennt schreiend in die Küche. Im Laufen versucht er, sich seine Hose herunterzureißen.

Die Kats greift zur Wasserflasche für Theo, als sie mich auf meinem rosaroten Einhornbike erblickt. Sie stockt. Wir sehen uns an. Sekunden vergehen, manche Sekunden können lang wie Stunden sein. Sie rüttelt an Theos Arm.

»Siehst du da eine Ratte auf einem ...?«, sie zögert. Sie sieht es, aber ihr Gehirn kann es nicht verarbeiten, nicht in Worte fassen. Zu absurd der Gedanke.

»Das ist allerhöchstens ein Hamster«, krächzt Theo.

Ich muss grinsen, reiße den Lenker herum und gebe Gummi. Bloß raus hier, bevor der Rattenhasser Robert sich erholt.

Mein Roller steuert auf die geöffnete gläserne Eingangstür zu. Ich nehme Gas weg, drehe mich noch mal um, werfe einen Blick auf Theo. Er liegt im Schoß der Kats. Nicht der schlechteste Ort, aber sein Gesicht ist mittlerweile bleich vor Erschöpfung. Unsere Blicke treffen sich. Die Szene kommt mir kitschig vor, aber tief in mir drin fühle ich: Es ist ein Lebewohl, das wir uns stumm, aber mit vielsagenden Blicken wünschen. Von der Straße hört man die aufdringliche Sirene des Notarztwagens. Für mich wird es Zeit zu verschwinden. Ich tippe mit meiner Rattenkralle an meine Stirn, ein Gruß unter Kämpfern, und gebe wieder Gas.

Mein Einhorn hüpft vorwärts Richtung Freiheit. Kurz vor der Tür springt Robert aus der Küche. Er trägt lediglich weiß-blaue Ringelsöckchen, einen blauen Schlüpfer und die Uniformjacke. In seinem Schritt klemmt ein Eisbeutel. Die verbrannten Oberschenkel sehen aus wie mit Lippenstift bemalt. Erste kleine Brandbläschen bilden sich, aber Roberts Blick strahlt die Entschlossenheit eines mutigen Feuerwehrmannes aus.

»Du Ausgeburt der Hölle!«, kreischt er, als er mich entdeckt, und schleudert den Eisbeutel nach mir.

Hektisch versuche ich, die Flugbahn des schweren, mit Eis gefüllten Beutels abzuschätzen. Er schneidet mir den Weg zur Glastür ab. Ich muss es probieren, lege mich flach auf den Roller, um das letzte bisschen Geschwindigkeit herauszukitzeln. Nur noch Zentimeter trennen mich von der rettenden Tür, als der Eisbeutel, der mittlerweile auf dem glatten Parkett wie ein Puck auf mich zurast, meinen Roller am Hinterrad erwischt.

Mein Einhorn heult auf, der E-Motor dreht im dunkelroten Bereich. Er wird mir unterm Hintern weggerissen, schlittert über den Boden, dreht sich ein paarmal um die eigene Achse und zerschellt schließlich am Türrahmen.

Aus dem Augenwinkel sehe ich, wie mein mittlerweile

geliebter Barbie-Hobel in seine Einzelteile zerfällt, während ich kopfüber auf der Fußmatte im Flur aufschlage. Inständig hoffe ich, mir nichts zu brechen, sonst bin ich geliefert.

Der Wachmann sieht mich auf der Fußmatte liegen, wirft sich auf den Boden und schliddert bäuchlings auf mich zu. In dem Moment, als seine Oberschenkel das Parkett berühren, schreit er vor Schmerz auf. Mit verzerrtem Gesicht bleibt er nur wenige Zentimeter vor der Fußmatte liegen. Er blickt mich an. Voller Abscheu. Der Schmerz lässt ihn bewegungslos verharren. Nicht mal mehr den Arm kann er ausstrecken.

Ich richte mich mühsam auf, humple die ersten Schritte, fange mich aber schnell. Mit festem Blick starre ich den Wachmann an, sprinte auf ihn zu. Wehrlos liegt er vor mir, das Gesicht auf dem Boden. Die Rache ist immer der Nachtisch, das Dessert, und wird am besten kalt serviert. Aus meinem Herzen steigt es empor, geht auf wie Hefeteig und entweicht schließlich meiner Kehle: »Geronimo!«

Dann beiße ich dem Wachmann mit aller Kraft in seine fleischige Nase und verschwinde durch den Flur ins Treppenhaus. Roberts Schreie hallen durch die Flure des Bürogebäudes. Zwei Rettungssanitäter, die gerade mit einer Trage die Treppe hinaufstürmen, halten kurz inne.

Ich flitze an den Sanitätern am Treppenrand vorbei nach unten. Erst jetzt, Sekunden nach dem Tohuwabohu, spüre ich das Zittern in meinem Körper. Die Anspannung lässt nach, und mir wird bewusst, wie nahe ich dem Tode war.

20

Draußen ist es mittlerweile dunkel, allerdings beleuchten Straßenlaternen und Bootslichter die Mole, und der parkende Notarztwagen lässt die Umgebung in blauem Blitzlicht erstrahlen. Binnen Sekunden checke ich die Lage. Ein paar Schaulustige stehen vor dem Gebäude und gaffen. Der Pförtner versucht, die Leute zu verscheuchen.

»Hier gibt es nichts zu sehen!«, ruft er und macht hektische Armbewegungen.

»Wenn du wüsstest …«, murmele ich vor mich hin. Der Wachmann in Unterhosen und mit verbrannten Eiern ist schon ein Anblick, für den es sich zu gaffen lohnt.

Ich suche mir einen Weg am Rand der Hafenmauer und halte mich im Schatten der Vorsprünge und Absätze.

Zwei Sanitäter tragen Robert aus dem Bürogebäude hinaus, und seine Rufe, begleitet von heftigem Armwedeln, malen mir ein Grinsen ins Gesicht: »Da war eine Ratte auf einem Motorrad, hören Sie, eine Ratte!« Die Sanitäter versuchen, ihren Patienten zu besänftigen. Im Rettungswagen bereitet ein Notarzt eine Beruhigungsspritze vor.

Auf der Nase trägt der Wachmann einen rot gefärbten

Mullverband, der das Blut aus der Bisswunde aufsaugt. Es sieht aus, als ob ein Zwerg mit roter Zipfelmütze auf seinem Gesicht hockt. Ich balle meine rechte Pfote zu einer Siegesfaust. Mein »Geronimo« hat mich diesmal siegreich aus dem Kampf hervorgehen lassen. Kurz danach wird Theo, gestützt von der Kats und einem weiteren Notarzt, herausgeführt. Der Punk steckt sich ein Asthmaspray in den Rachen und versucht einzuatmen.

Nach nur wenigen Augenblicken schließen sich die Türen des Rettungswagens. Das Blaulicht entfernt sich und blitzt nur noch schemenhaft an Mauern auf oder spiegelt sich blass in Fenstern und Türen, bis es spurlos verschwindet.

Jetzt kehrt die gewohnte Hafengeräuschkulisse endlich wieder ein, und das monotone Tuckern des auslaufenden Fischkutters, begleitet vom Kreischen der Möwen, strahlt fast so etwas wie eine selige Ruhe aus.

Ich spüre meinen Magen. Hunger nagt an mir. Erst jetzt wird mir klar, dass die letzte Mahlzeit die Zitronenmousse in der Pathologie gewesen ist. Das Knurren aus meinen Eingeweiden klingt fast schon bedrohlich.

Als sich die Menge der Schaulustigen zerstreut, lacht mich ein zu Boden gefallenes Fischbrötchen an. Wie gerufen, denke ich und nehme es ins Visier. Gute zehn Meter von mir entfernt. Der aufdringliche Schein einer Straßenlaterne taucht es in Flutlicht, als ob es extra für mich auf den Präsentierteller gelegt wurde. Leichte Beute. Erwartungsvoll flitze ich die zehn Meter im Zickzackkurs zum Objekt meiner Begierde.

Der säuerliche Geruch von Matjes steigt in meine Nase. Ein leckeres Matjesbrötchen. Es erinnert mich an Theo, das Fischbrötchen, seinen Vater und an das, weswegen ich eigentlich hier bin. Der Mord am Bauern.

Meine Gedanken schweifen ab. So bemerke ich den Schatten, der sich mir wie die riesige Pranke des Todes nähert, nicht. Als der Schrei durch die Luft hallt, ist es bereits zu spät. Die scharfen Krallen der Möwe umschließen mich und das Fischbrötchen. Sekunden später schwebe ich bereits über dem Hafenbecken, und während ich nach unten spähe, denke ich mir: Hoffentlich lässt das Möwenvieh jetzt nicht los! Ich krieche etwas tiefer ins Fischbrötchen hinein, lege mich quasi zu dem Matjes in den Brötchenschlafsack. Glück im Unglück, dass ich der mittlere Teil dieses Sandwiches bin, denn die Krallen der silbergrauen Möwe bohren sich wie glühendes Eisen durch das Brötchen.

Man muss das Unvermeidliche für sich ausnutzen, denke ich und beginne, während meines Rundfluges über die Hafenanlagen an dem Matjes zu knabbern. Hunger hat man in den unmöglichsten Situationen. Der sauer eingelegte Fisch liegt mir schwer im Magen. Etwas zum Nachspülen wäre gut. Ich habe mal gehört, beim Fliegen soll Tomatensaft sehr gut schmecken, und überlege, die Möwe danach zu fragen, entscheide mich aber dagegen. Zu groß ist die Gefahr, dass sie vor Schreck ihre Beute fallen lässt und ich samt Brötchen in die Tiefe rausche.

Vorsichtig rutsche ich in dem leicht gebutterten Brötchen etwas vor, um meinen kostenlosen Rundflug zu genießen. Mein Pilot visiert den alten Hafenspeicher an. Eines der höchsten Gebäude hier am Hafen, allerdings leer stehend und dem Verfall preisgegeben. Unter dem maroden Dach des massiven Backsteinbaus befindet sich eine Reihe kleiner Schießscharten in der Fassade. Die Möwe steuert direkt auf eine davon zu. Bei näherer Betrachtung sind die Schießscharten die Öffnungen, in denen einst die hölzernen Träger für die Flaschenzüge steckten. Die Ziegelwand kommt schnell näher. Als Möwe würde ich jetzt abbremsen, aber die Möwe denkt nicht daran, sondern schraubt sich kurz vorher noch mal in die Höhe, um dann in eine Art 45-Grad-Winkel-Sturzflug überzugehen. Der Flugwind zerrt an meinen Barthaaren. Ich spüre, wie von der Kraft der Beschleunigung meine Lefzen leicht nach hinten gezogen werden. Gleich knallt's. Ich schließe die Augen, während mein Pilot keine Sekunde zu früh die Flügel kurz anlegt, durch die Öffnung schießt, um sich gleich dahinter aufzurichten, die Flügel auf die ganze Spannweite aufzuklappen und sanft wie Daunenfedern zu landen.

»Matjes für den Don!«, kreischt sie stolz in die Runde der versammelten Möwen.

Da liege ich nun auf einem alten Dachspeicher. Die knarzenden Dielen sind löchrig und morsch. Wenn es ein Hauptquartier der Holzwürmer gäbe, hätte es wahrscheinlich hier seinen Sitz. Meine Lage hat sich seit der Begegnung mit Robert, dem Wachmann, nicht wirklich verbessert. Ich bin umzingelt von einer Schar Möwen, die mich mit zusammengekniffenen Augen mustern.

»Das ist kein Fischbrötchen, das ist ein Hamsterbrötchen!«, wettert eine Möwe aus dem Kreis.

»Seit wann gibt es denn Hamster im Brötchen? Davon habe ich noch nie was gehört.«

Die Möwe, die mich hierhergebracht hat, sieht fassungslos zu mir herab, beäugt mich misstrauisch.

»Das ist kein Hamster, sondern eine Ratte!«

Ich nicke ihr zu und mache ein anerkennendes Daumenhoch-Zeichen.

»Was hast du mit dem Matjes gemacht?«, kreischt sie energisch.

Ich zucke entschuldigend mit den Schultern, sofern man das überhaupt erkennen kann. Hektisch sehe ich mich um. Suche einen Fluchtweg.

Plötzlich beginnt das Dutzend Möwen, im Chor zu kreischen und zu plärren. »Tod. Tod. Tod. Tod. Tod der Ratte. Tod der Ratte!«

Ihre silbergrauen Federn reflektieren das Mondlicht, das durch die schmalen Öffnungen hereinfällt. Es sieht gespenstisch aus, wie sie alle gleichzeitig auf mich zustelzen.

»Tod der elenden Ratte!«, johlen sie.

Es gibt keinen Ausweg. Hilflos krieche ich ein wenig zurück in das Brötchen, versuche, mich so klein wie möglich zu machen. Dann schieße ich blitzschnell heraus und versuche, eine Lücke zu finden, aber die Möwen flattern aufgeregt mit ihren Flügeln, sodass sie mir die Sicht nehmen. Zwischen zwei Möwen ergibt sich eine Lücke, aber bevor ich mich entschließe hindurchzuspringen, ist diese schon wieder geschlossen. Die Reihen der angriffslustigen Vögel sind nicht zu durchbrechen.

Flucht nach vorn ist meine letzte Rettung. Mein Fell

glänzt etwas struppig von den Butterresten. Ich zerre das Salatblatt aus dem Brötchen. Aufgerichtet auf den Hinterbeinen, winke ich mit dem Salatblatt in der rechten Pfote. Das ist zwar nicht die weiße Fahne, aber immerhin überhaupt etwas zum Winken. Die Möwen stocken kurz irritiert. Den Moment nutze ich für meine Rede.

»Seht her. Die grüne Parlamentärflagge!« Ich lasse meine Worte wirken.

Eine Möwe legt ihren Kopf schief, so, als denke sie nach. Ich entscheide mich einfach für die Wahrheit, und so sprudelt es aus mir heraus. Angefangen bei meinem ADAC-Motorrad und dem Mord an dem Bauern im Stall. Ich erzähle von den Kühen, denen ich erst umständlich erklären musste, was es bedeutet, tot zu sein. Meiner abenteuerlichen Fahrt im Sarg in die Pathologie nach Wismar. Von der Begegnung mit dem seltsamen Punk und dem Diebstahl des Motorrollers im Spieleparadies. Allerdings verschweige ich aus Eitelkeit, dass es sich um einen pinken Barbie-Roller mit Einhornglitzer handelte. Beschreibe meine Teilnahme an der Autopsie durch das Loch in der Zwiebacktüte und meine anschließende Odyssee durch das Krankenhaus. Die Entdeckung der riesigen Altbestände an Zitronenmousse interessiert die Möwen ganz besonders, habe ich das Gefühl, denn da werden alle plötzlich hellhörig, spitzen ihre nicht vorhandenen Ohren und reißen die Augen interessiert auf. Ich erzähle von Pablo, dem Küchengehilfen, und der Fressorgie nach den Joints. Vom Einbruch bei Mathijes, Theos Vater. Wie ich erst vor ungefähr 15 Minuten dem sadistischen, unterbelichteten Wachmann Robert entkommen bin und zu guter Letzt, dass mein Freund Theo jetzt irgendwo im Krankenhaus liegt und ich nicht weiß, wie es ihm geht.

»Und das alles ist nur heute passiert, wenn ihr also denkt, ihr könnt mich einschüchtern, dann müsst ihr euch schon etwas anderes einfallen lassen, denn ihr macht mir keine Angst!«, beende ich meine Ausführungen. Ich bin außer Atem und schwitze etwas. Teils aus Angst, teils aufgrund der Rage, in die ich mich geredet habe. Durch den Schweiß und die Hitze fängt die Butter aus dem Fischbrötchen in meinem Fell an zu riechen.

»Fett ist ein guter Geschmacksträger!«, kichert eine Möwe und spricht laut aus, was alle denken. Offensichtlich lassen meine Ausführungen sie kalt. Ich schwenke nochmals beherzt mit dem Salatblatt. Vergeblich.

»Dann sterbe ich wie ein Mann im Kampf!«, rufe ich und hebe die Pfoten, zu Fäusten geschlossen.

Aus dem hinteren Halbdunkel ertönt eine Stimme. Rauchig, krächzend und mit der unsichtbaren Kraft des Windes.

»Lasst mich mal sehen!« Die Worte klingen bedächtig und machtvoll.

Der Kreis öffnet sich unterwürfig, und wie aus dem Nebel taucht zuerst nur ein Schatten, dann aber der massige Körper einer Möwe auf, die es mühelos mit einem Bullterrier aufnehmen könnte. Ihr Brustkorb hebt und senkt sich ruhig und kräftig. Sie hat Krallen wie Fleischerhaken, und der kräftige Schnabel könnte ohne Weiteres eine Flasche Wein entkorken.

»Bist du hier der Obermacker?«, frage ich, während ich

versuche, meine Angst zu unterdrücken. Die Butter in meinem Fell riecht ranzig.

Sofort stürzen drei Möwen zu mir und werfen mich zu Boden. Ihre scharfen Krallen drücken sich bedrohlich in mein Fell.

»Schweig still, und rede nur, wenn du angesprochen wirst!«, kreischen sie, und der Druck ihrer rasiermesserscharfen Krallen zeigt, dass sie es ernst meinen.

Ich nicke stumm, so gut es geht. Die Möwen lassen von mir ab. Eine von ihnen richtet mich auf. Es ist die, die mich hergebracht hat. Sie schaut mir in die Augen.

»Das ist der Don!«

21

Der Don ist nicht nur unübersehbar, sondern auch unüberhörbar der Chef der Möwengang. Seine Stimme ist nicht schrill wie die der anderen Möwen, sondern eher, als seien seine Stimmbänder über Jahrtausende mit gut gelagertem Whisky und kubanischen Zigarren gepflegt worden.

»Zwei Motorräder an einem Tag zu verlieren ...«, der Don räuspert sich, »das ist hart!«

Ich nicke zögerlich.

»Aber andererseits kommst du zu mir in mein Haus, an dem Hochzeitstag meiner Tochter, und tischst mir eine solche Geschichte auf!«

Ich runzle die Stirn, denke nach.

»Ihre Tochter heiratet heute?«, plappert eine der Möwen dazwischen, und eine weitere steigt kreischend ein.

»Wusste gar nicht, dass der Don eine Tochter hat!«

Zwei andere Möwen sehen sich schulterzuckend an.

»Wann heiratet die Tochter, die der Don nicht hat?«

»Schweigt still, ihr Federgesindel!«, ruft der Don und stellt die Schwingen auf.

Wenn eine Möwe die Flügel aufschlägt, dann raschelt es

wie Laub im Herbst, beim Don aber, da donnert es wie ein heranrumpelndes Gewitter. Es herrscht eine seltsame Stille, untermalt vom Wind, der durch das Gebälk des alten Speichers heult.

»Hat er nun eine Tochter oder nicht?«, tuschelt eine Möwe neugierig und hofft, nicht gehört zu werden.

Der Don richtet sich auf, reckt seinen Schnabel in die Höhe, die Augen zu scharfen Sehschlitzen verengt auf die Möwe gerichtet. Alle anderen ducken sich ängstlich. Der Don ist unbesiegbar.

»Ihr seid ja dumm wie Hühner!«, seufzt er resigniert.

»Siehst du!«, wendet er sich mit seiner geräucherten Stimme wieder mir zu. »Lauter Banausen, nichts als Banausen. Haben nur Fisch im Kopf, sonst nichts!« Er sieht seine Untertanen geringschätzig an.

»Aber du, du nennst mich, wie sagtest du doch gleich?« Der Don stellt eine rhetorische Frage, und keine der Möwen wagt, ihn zu stören. »Ach ja«, tönt er wie ein flüsternder Kontrabass, »du nanntest mich Obermacker. Du kommst in mein Haus ...«

Plötzlich fällt es mir ein. Ich erkenne die Szene. Der Don will umschmeichelt werden. Ich gehe aufs Ganze, unterbreche ihn einfach.

»... am Hochzeitstag meiner Tochter und zeigst mir keinen Respekt!«, vervollständige ich seinen Satz.

Die Möwen reißen die Augen auf, der Don hingegen kneift sie argwöhnisch zusammen. Seine Ansprache ist von Marlon Brando als »Don Corleone« im berühmten Filmklassiker »Der Pate«. Ich erinnere mich an die Szene. Verbissen suche ich in den Kammern meines Rattenhirns nach dem Filmdialog.

Mein Adrenalin steigt in meinem Körper wie Lava auf. Ich spüre meine Halsschlagader pochen, als ob ich Kabelstränge im Hals hätte.

Die Blicke der Möwen sprechen ein eindeutiges »Tod der Ratte«, während der Don noch unschlüssig wirkt. Ich habe ihn durchschaut, darf ihn aber nicht vor seiner Möwenschar bloßstellen. Ich muss seinen Tick für mich nutzen. Also setze ich beherzt nach und hoffe, damit zu überleben.

»Allerdings ...«, flöte ich schmeichelnd. Meine Stimme zittert zwar, aber ich bekomme den Satz ohne Stocken heraus »... biete ich Euch nichts Geringeres als meine Freundschaft.« Ich sehe ihn an. Er atmet hörbar ein. Noch ist er nicht besänftigt. »Mein Pate!«, füge ich unterwürfig, aber nicht zu devot an.

Der Kreis der Möwen wartet nur auf ein Angriffssignal ihres Don, um mich mittels ihrer scharfen Schnäbel, die wie Degen auf mich gerichtet sind, zu zerfetzen.

Ohne Vorwarnung plustert der Don sich auf, zeigt seine wahre Größe. Schwingen, groß wie ein Strandlaken, ein Brustkorb wie Arnold Schwarzenegger. Von einer so massigen Gestalt hätte ich die geschmeidige Geschwindigkeit nicht erwartet, mit der diese Möwe von der Größe eines Truthahns sich auf mich stürzt. Ich schließe die Augen und hoffe auf einen schnellen, schmerzlosen Tod. Kurz vor mir stoppt der Don, legt seine rechte Schwinge um mich und drückt mich, fast kumpelhaft.

»Du gehörst ab jetzt zur Familie«, tönt die Raucherstimme des Paten. Er streicht mir mit seinen Flügeln über den Kopf. Rubbelt ein bisschen, wie ein Opa bei seinem Enkelkind.

»Sie schmeicheln mir, mein Pate!«, setze ich noch einen drauf, und tief in mir höre ich mich »Geronimo« schreien.

»Diese Ratte ...«, ruft er in die versammelte Runde und lässt seine Worte wirkungsvoll nachhallen. Er hätte auch Schauspieler sein können. Aus den tieferen Stockwerken hört man Geflatter und Gescharre. Hunderte von Möwen drängen sich ins oberste Stockwerk. »Diese Ratte ...«, wiederholt er, »... hat an nur einem Tag zwei Motorräder verloren, ist in das Hauptquartier unseres Erzfeindes Mathijes eingebrochen und verlor im Kampf einen Bruder ...« Er legt noch eine gut platzierte Kunstpause ein. Sie zeigt Wirkung, die Möwen zittern vor Aufregung, »... und dennoch bietet er mir seine Freundschaft an!«

Die Möwen tuscheln aufgeregt untereinander.

»Was ist ein Motorrad?«, fragt eine.

»Keine Ahnung!«, antwortet eine andere.

»Jedenfalls kein Obst, so viel weiß ich!«, mischt sich eine Dritte ein.

»Diese Ratte steht unter meinem persönlichen Schutz, und jeder soll wissen, dass zwischen uns Freundschaft herrscht.«

Eben noch war ich Matjesersatz für die Möwen, jetzt bin ich Schützling des Paten.

»Irgendwann einmal, vielleicht auch nie, werde ich dich um einen kleinen Gefallen bitten. Aber bis dahin sieh meinen persönlichen Schutz als reinen Freundschaftsdienst an«, flüstert der Don mir zu, und ich erinnere mich an den Kater Whisky, der sinngemäß das Gleiche zu mir sagte. Jetzt stehe ich in der Schuld eines Katers und einer Möwe.

Die Möwen kreischen, und die neue Kunde von der Freundschaft des Paten und der Ratte verbreitet sich in Wismar bis in den letzten Winkel der Stadt.

»Lasst uns feiern!«, dröhnt der Don. »Tischt auf, was da ist!« Er stelzt zurück in die halbdunkle Ecke, aus der er erschienen war, und bedeutet mir, ihm zu folgen.

»Wir zwei unterhalten uns jetzt mal, und du erzählst mir alles, was du bei diesem Immobilienhai Mathijes erlebt hast.«

Ich trotte hinter ihm her, nicht ohne den glotzenden Möwen einen triumphierenden Blick zuzuwerfen. Die Möwenfeier gleicht einem rauschenden Hafenfest, und der alte zerfallene Speicher verwandelt sich binnen Minuten in eine zwielichtige Hafenspelunke. Mehrere Dutzend Möwen schwärmen aus, um für Futter zu sorgen, während im hinteren Teil des Speicherdaches eine Band ihre Instrumente aufbaut. Eine Reihe leerer Konservendosen fungiert als Schlagzeug. An einem quietschbunten Kinderxylofon platziert sich mit zwei ausgedienten Stäbchen vom China-Imbiss eine Möwe. Im Schnabel hängt locker eine Zigarette. Ich bin mir nicht sicher, aber sie scheint mehrere Piercings und sogar Tattoos zu haben.

»Das ist Keith!«, brummt der Don, der meine Neugier bemerkt. »Nennt sich nach irgendeinem Rockstar, von dem hier noch nie jemand gehört hat.«

Einige Möwen rollen Bierdosen über den alten Dielenboden.

Der Don pflanzt sich gemütlich auf einen alten, mit Stroh ausgelegten Adventskranz, dessen Nadeln vor Jahrtausenden abgefallen sein müssen. Lediglich zwei Kerzenhalter stehen noch rechts und links und geben dem Kranz etwas Offizielles. So, als ob zwei Fahnen an Standarten hingen.

»Setz dich«, er weist mir einen Platz neben sich zu.

Umständlich hocke ich mich auf den Rest eines alten Jutesacks.

»Und nun, mein Freund ...«, er betont das Wort absichtlich, »was hattest du im Hauptquartier dieses Immobilienfritzen Mathijes zu suchen?« Ein leichtes Zucken ist in seinen Augen zu erkennen, als er den Namen des Maklers ausspricht. Seine Frage klingt harmlos interessiert, und doch spüre ich die Anspannung in der Luft.

»Das ist eine lange Geschichte«, sage ich und füge noch rechtzeitig ein »mein Pate« hinzu.

»Das höre ich ständig. Wir haben Zeit. Viel Zeit.« Er kramt einen kleinen Flakon unter seinem Gefieder hervor und schüttet eine Prise helles, grobkörniges Pulver umständlich auf seine Schwingen, um diese dann zu den winzigen Nasenlöchern oberhalb des Schnabels zu führen und die Prise einzuziehen. Er hält die Luft an.

Dann reißt er abrupt die Augen auf, als ob er ein Zäpfchen von der Größe eines Kleinwagens bekommt. Sein Gesicht färbt sich erst rot, dann violett. Er schnappt nach Luft, mehrmals. Verschluckt sich fast, dann Stille. Seine Gesichtszüge wirken wie die eines eingefrorenen Suppenhuhns, um im nächsten Moment mit dem Geräusch einer Bullenpeitsche zu entgleisen. Sein Gefieder vibriert, die Augen tränen wie eine undichte Regenrinne, und sein Schnabel ist weit aufgerissen. Ich höre seine Lungen. Irgendwo in ihm drin muss eine ausgeschlagene Steuerkette rasseln.

»Ahhhh«, entweicht es seiner Möwenkehle, »... das tut gut. Nimm, mein Freund!« Er hält mir etwas von dem Pulver hin. Meine Barthaare schlagen sofort Alarm. Ich rümpfe meine Rattennase.

»Was zur Hölle ist das?«

»Abflussreiniger. Das Zeug haut dich von den Socken!« Seine Augen tränen immer noch.

Ich schüttle den Kopf und lehne ab, während der Don sich genüsslich streckt.

Die Band beginnt zu spielen. An den Dosen flattert aufgeregt eine ergraute Möwe mit langen Haaren und Bart umher, haut die Stäbchen drauf, als ginge es um Leben und Tod. Es sieht nach Extrem-Topfschlagen aus, hört sich aber überraschend rhythmisch an.

Irgendwann setzt »Keith« an dem Kinderxylofon ein und entlockt diesem bunten Teil glockenklare Töne und sogar Melodien. Langsam beginne ich mitzuwippen. Der Groove scheint mich mitnehmen zu wollen, als der Dritte im Bunde ein kleines ausrangiertes Casio-Kinderkeyboard einschaltet und es mit Flügeln und Schnabel wie im Rausch bearbeitet. Das halbwegs gut klingende Stück wird durch die schrägen und verzerrten Töne in Fetzen gerissen, aber jetzt beginnen die Möwen, zu kreischen und zu tanzen. Wild flatternd, die Hälse in die Luft gereckt und mit einem Geschrei, das an eine sterbende Kreissäge erinnert, tanzen sie um einen Haufen Fischabfälle herum, der in der Mitte zusammengetragen wurde. Ich blicke zum Don hinüber. Er lacht und wippt mit seiner massigen Putenbrust. Ich bin mir sicher, die Möwen sind auf Abflussreiniger und haben gehörig einen an der Waffel.

»Also, mein kleiner Freund …«, beginnt der Don mit seiner Mafiastimme, »was hast du beim Mathijes gesucht?«

Irgendwie lässt er, was den Vater von Theo angeht, nicht locker. Warum diese Neugier?

»Ich war dort mit seinem Sohn«, beginne ich zu erzählen und erkläre dem Don erst mal den Zusammenhang zwischen Theo und dem Mord am Bauern. Schildere die zufällige Entdeckung, dass Theos Vater sich am Todestag des Bauern mit der Witwe in einem Café zum Champagner getroffen hat.

Und erwähne außerdem, dass die gerichtsmedizinische Untersuchung eindeutig einen Unfall oder Selbstmord ausgeschlossen hat. Der Bauer hätte nicht einen halben Meter in die Höhe fallen können beim Stolpern, und mit Anlauf und einem Sprung gegen den Balken in den Nagel zu springen scheidet ebenfalls aus.

Der Don nickt, kratzt sich mit einem Flügel die Brustfedern.

»Du denkst, die Witwe und der Mathijes haben was mit dem Mord an dem Bauern zu tun?« In seiner Stimme schwingt eine Mischung aus Neugier und Aufregung mit.

»Keine Ahnung, inwieweit Theos Vater da mit drinhängt, aber das Verhalten der Witwe ist sehr verdächtig.«

Die Möwen machen sich mittlerweile über den Berg Fischabfall her, während sich die Musiker im Rausch des Abflussreinigers, losgelöst von Raum, Zeit und Gehör, in ihren Instrumenten verlieren. Als der Don plötzlich seiner Möwenkehle einen schrillen Pfiff entweichen lässt, legen zwei Möwen einen Pappteller mit zwei makellosen Fischbrötchen vor seinem Adventskranznest ab.

Sofort spießt der Schnabel des Paten wie ein scharfer Degen eines der Brötchen auf, wirft es in die Luft und schlingt es in drei Bissen gierig hinunter. Er zeigt auf das verbliebene Brötchen.

»Bedien dich!«

Gerade will ich zugreifen, als die Party jäh unterbrochen wird. Ein halbes Dutzend der silbergrauen Hafenmöwen jagt wie dröhnende Kampfjets durch die Öffnungen in den Dachspeicher.

»Feuer! Feuer!«, kreischen sie im Chor.

»Verflucht noch eins …!«, brüllt der Don, fegt mit einer raschen Bewegung seiner Schwingen das Brötchen vom Teller und springt auf.

»Alle Mann zum Einsatz!« Sein Körper pumpt sich auf wie bei einem Bodybuilder.

»Du!« Sein Schnabel deutet auf mich. Ich erschrecke. »Spring auf!« Der Don zeigt auf seinen Hals.

Gehetzt blicke ich mich um, die Möwen wirbeln wie in einem Tornado durcheinander. Die Band spielt weiter. Ich sehe den Don fragend an und zeige auf die Musiker.

»Ist wie bei der »Titanic«. Die spielen bis zum Schluss!«

Der Don ist die einzige mir bekannte Möwe mit einem

cineastischen Fetisch. Aber eigentlich kenne ich gar keine Möwen, geht es mir durch den Kopf, als er mich anbrüllt: »Jetzt!« Ich gehorche und springe in zwei Sätzen auf seinen Hals, der dick wie ein Abwasserrohr ist. Ich halte mich fest. Als der Don abhebt, gleicht er einem graziösen Schmetterling. Die ganze Kraft, die Masse, der riesige Brustkorb und die strandlakengroßen Schwingen lassen nicht erahnen, mit welcher Leichtigkeit der Don in die Luft steigt. Kaum ist er über dem Boden, da stürzt er durch eine Ritze zwischen den alten Speicherdielen in die Tiefe.

Ich haue meine Krallen in das dichte Gefieder am Hals. Wie ein Flokati, denke ich, und im nächsten Augenblick bin ich froh, dass ich noch nichts gegessen habe.

Die riesige Möwe gleitet im Sturzflug durch die Stockwerke, manövriert sich geschickt zwischen Balken und Dachstühlen hindurch. Die breiten, schlagenden Flügel hören sich an wie eine Schwadron Teppichklopfer. Im Flug schreit der Don Befehle an seine Möwen, die ihm, geordnet wie eine Kunstfliegerstaffel, folgen.

Unten im Erdgeschoss brennt ein Müllcontainer. Das graue Plastik ist längst zu einem bizarren Kunstwerk geschmolzen, die Flammen lecken bereits an den Türzargen und fressen sich rasend schnell in den ersten Stock. Stinkender, beißender Qualm und dichter Rauch steigen auf. Im zweiten Stock landen die Möwen auf den massiven Querbalken. Dort sind überall blaue und graue Plastikplanen gespannt. Wie Hängematten.

»Tora! Tora! Tora!«, schmettert der Don. Das Signal für die Möwen, im Sturzflug auf diese Planen zu rasen.

Dieses »Tora! Tora! Tora!« muss auch irgendein Filmzitat sein, denke ich, als ich bemerke, dass die Planen mit Wasser gefüllt sind und deswegen wie Baldachine durchhängen.

Eine nach der anderen erheben sich die Möwen, schlagen zweimal kräftig ihre Schwingen und gehen daraufhin im Sturzflug runter. Dutzende Möwen gleichzeitig, den Schnabel voran, gleiten sie fast senkrecht in die mit Wasser gefüllten Planen und stoßen mit ihren spitzen Schnäbeln Löcher hinein. Binnen Sekunden beginnt es aus den Baldachinen zu regnen, teils tröpfelnd, teils sind es kleine Wasserfälle, die die hungrigen Flammen in Schach halten und nach und nach das Feuer eindämmen. Andere Möwen sind damit beschäftigt, große Jutesäcke und alte Teppiche über den Flammen abzusenken, um so das Feuer zu ersticken.

Ungläubig sehe ich mir das Spektakel an. Immer noch festgekrallt am Flokati des Don, der von etwas weiter oben den Einsatz überwacht und koordiniert.

Das muss man den Möwen lassen: Sie sind bestens organisiert und verstehen es, im Team zu arbeiten. So kenne ich diese Vögel gar nicht, auch wenn ich sie – wie schon gesagt – eigentlich generell nicht kenne.

Möwen sind für mich immer der Inbegriff von Egoismus gewesen. Wie oft habe ich die weißgrauen Flattermänner bei uns auf der Insel gesehen, wie sie sich gegenseitig die Beute wegschnappen, teils auf äußerst rabiate Art und Weise.

»Es hat eine Ewigkeit gedauert, bis wir diese Planen mit Wasser gefüllt haben. Jede Möwe ist mindestens 10.000-mal mit dem Schnabel voll Wasser hier rein.« Der Don blickt über die Schulter zu mir.

»Unfassbar«, murmle ich anerkennend.

»Wenn der Mathijes den Don besiegen will, dann muss er schon früher aufstehen!«, brummt der Truthahnmafioso.

»Mathijes steckt dahinter? Theos Vater?«

»Mit Sicherheit!«, donnert er. »Er hat den Speicher vor Jahren von der Stadt für ’nen Appel und ’n Ei gekauft und will hier Luxuswohnungen bauen, aber der Speicher steht unter Denkmalschutz.«

Jetzt kommt schlagartig die Erinnerung an das Modell des kleinen Dorfes, das ich in Mathijes Büro entdeckt habe, hoch.

»In seinem Büro habe ich mehrere Unterlagen entdeckt, unter anderem die Pläne für ein kleines Dorf oder eine Stadt.« Ich denke angestrengt an den Namen, den ich irgendwo dort gelesen habe.

»Das ist nicht der erste Angriff auf unser Hauptquartier, aber wie du siehst, sind wir vorbereitet!«, hustet der Don. Qualm zieht die Stockwerke hoch.

»Breitling!«, schießt es mir durch den Kopf. »So hieß die Stadt. Er will hier eine Stadt bauen!« Ich wische mir den brennenden Rauch aus den tränenden Augen.

»Nee, nee, der Breitling ist das Salz ...«, weiter kommt er nicht. Der Balken, auf dem der Don sitzt, gibt ohne Vorwarnung nach und bricht wie eine ungekochte Spaghetti entzwei.

Von der augenblicklich an uns reißenden Schwerkraft werden wir in die Tiefe gezogen. Meine Krallen stecken verkrampft in seinem Hals. Er versucht, in der Luft sein Gleichgewicht zu finden, reißt die Schwingen auseinander, versucht, Aufwind einzufangen, und ruft augenzwinkernd:

»Houston, wir haben ein Problem!«

Ich fasse es nicht, dieser Filmzitatfetisch bringt uns noch um.

Durch den unkontrollierten Sturz schlagen seine Flügel mehrmals an Balken, Pfosten und Dachsparren. Er wird in der Luft zwischen den Stockwerken hin und her geworfen. Ich höre, wie eine seiner Schwingen mit einem widerlichen Knacken bricht. Die Federn hängen in einem unnatürlichen Winkel herab. Mit nur einem Flügel ist an Aufwind nicht mehr zu denken. Er stürzt. Immer noch umklammere ich seinen Hals. Wir trudeln wie ein Hubschrauber im freien Fall. Mehrmals höre ich, wie seine Schwanzfedern, sein Brustkorb und auch sein Kopf gegen die Balken knallen. Zu guter Letzt schrauben wir uns wie ein Ahornblatt aus Blei dem Boden entgegen. Die Landung ist schmerzhaft. Der Don wird zweimal um die eigene Achse geschleudert. Sein Kopf ist eingeknickt und das buschige Gefieder verstaubt und verdreckt. Ich krieche unter seinem Hals hervor. Sein kräftiger Brustkorb hebt und senkt sich noch. Langsam, aber immerhin.

Neben uns kracht ein Holzscheit herab. Splitter und Ruß fliegen umher. Von oben regnet es weiter Holzteile, und aus den oberen Stockwerken höre ich ein Krachen und Donnern im Gebälk. Ein Dachbalken, groß wie eine Eisenbahnschwelle, hat sich gelöst und ist auf dem Weg nach unten.

Reißt mehrere Latten und Dielen mit sich. Wir müssen hier weg. Ich zerre an dem Truthahnmafioso. Er rührt sich nicht.

»Don!«, schreie ich ihn an. Keine Regung. Uns bleiben Sekunden. Allein kriege ich dieses massige Suppenhuhn nicht bewegt. Er muss mithelfen. Von oben höre ich den Balken näher kommen.

Einige Möwen versuchen, uns zu helfen. Fliegen im Zickzack zu uns. Sie werden von herabstürzenden Hölzern getroffen und landen entweder zu weit entfernt von uns oder werden im Flug erschlagen.

»Jetzt beweg dich endlich, du fette Taube!«, schreie ich ihn an.

Der Flakon. Mit einem Biss durchtrenne ich das dünne Lederband, öffne den kleinen Korken und schütte den ganzen Abflussreiniger in die Nasenlöcher oberhalb des Schnabels.

Im Stockwerk über uns kracht der Balken auf eine Diele, verharrt kurz. Es knistert. Die Diele beginnt zu splittern, man kann das Gewicht des Dachbalkens förmlich inhalieren. Dann ist es so weit, und ich kann nur hoffen, dass der herabkrachende Eisenbahnschweller uns nicht genau auf die Zwölf trifft. Ich krieche unter das Gefieder des Don, um wenigstens etwas Schutz zu finden.

Die Diele gibt brüllend wie ein Stier nach, und der Balken beißt sich geradezu hindurch. Die letzten Meter im freien Fall.

Plötzlich reißt der Don die Augen auf.

»Weg hier!«, wimmere ich mit letzter Kraft.

Er schüttelt sein Gefieder und hechtet mit einem Satz aus der Flugbahn der Holztrümmer.

Sein gebrochener Flügel hat es nicht geschafft. Er wird von dem Balken erwischt und unter sich begraben. Die Schmerzen müssen unerträglich sein, doch die Menge an Abflussreiniger, die er intus hat, lässt ihn weder Angst noch Schmerz fühlen. Ungläubig starrt er auf den Balken, der seinen Flügel eingequetscht hat. Eine ganze Schar Möwen kommt herangeflattert und kümmert sich um ihn.

Er kann sich nicht bewegen. Wild um sich schlagend, schreit er aus voller Kehle: »Ich kam, sah und siegte!«

Ja, denke ich mir, er wird es überleben.

22

Ein paar Stunden später dämmert der Morgen über der Bucht von Wismar, und die aufgehende Sonne wirft Schatten, lang wie Zaunpfähle.

Der Don sitzt kraftlos und ramponiert in seinem Adventskranz. Ihm fehlt die Hälfte seines rechten Flügels. Unter größter Anstrengung haben die Möwen ihren verletzten Paten unter Zuhilfenahme einer Plane wieder nach oben unters Dach geschafft. Als er zu Bewusstsein gekommen war, verlangte er sofort nach mir. Ich stehe an seinem Lager. Am halben Flügel klebt getrocknetes Blut, Ruß bedeckt sein Gefieder. Er sieht aus wie geteert und gefedert.

»Wie wäre es mit ein paar letzten Worten, Junge?« Seine Stimme klingt noch kraftvoll und rauchig. Der Versuch zu lächeln verursacht Schmerzen. Er tut es dennoch.

»Ist das auch wieder so 'n Filmzitat?« Ich schüttle grinsend meinen kleinen Rattenschädel.

Der Don richtet sich etwas auf. Die Schmerzen mehrerer Rippenbrüche lassen ihn sofort wieder zusammensacken.

»Ich dachte nicht, dass wir den Sturz überleben«, gebe ich zu. »Ich hatte 'ne Scheißangst!«

Er winkt eine Möwe heran, stützt sich mit dem abgebrochenen Flügel auf deren Hals.

»Fallen ist nicht gefährlich und keine Schande. Nur liegen bleiben ist tödlich!« Er redet, während ein paar Möwen hektisch und mit größter Vorsicht um ihn herumflattern und seine Wunden versorgen. »Aber dir habe ich mein Leben zu verdanken!«

Ich winke ab. Im Endeffekt habe ich eigentlich nur versucht, mich selbst zu retten. Im gleichen Moment kommt mir Theo in den Sinn. Um mein eigenes Leben zu retten, habe ich ihn im Stich gelassen. Aber was hätte ich tun sollen? Das schlechte Gewissen nagt wie ein bauwütiger Biber an mir.

»Nicht der Rede wert«, murmle ich in meine Barthaare und schäme mich abgrundtief für meine Feigheit dem Punk gegenüber.

»Und bescheiden ist er obendrein!«, ruft er fast andächtig. »Es sollen alle hören!«

Der Don stellt sich zu voller Größe auf. Bedenkt man seine Verletzungen, ist das eine sportliche Höchstleistung.

»Diese Ratte ist auf ewig unser Freund, und man möge ihr denselben Respekt entgegenbringen wie mir!«

Die Möwen horchen auf, und im gleichen Augenblick huschen zwei der gefiederten Flattermänner um mich herum und versorgen auch meine Wunden.

Es ist mir etwas peinlich, und in Anbetracht der Größe dieser Möwen, die eine Ratte durchaus auf ihrem Speiseplan haben, fühle ich mich nicht ganz wohl in meiner Haut.

»Verlange von mir, was du willst!« Der Don breitet seine

Schwingen aus. Die rechte nur halb, es schmälert aber die staatsmännische Geste nicht im Geringsten.

Ich muss nicht lange überlegen.

»Also, wenn ich einen Gratisflug abstauben kann, dann würde ich gern zurück auf die Insel«, sage ich. Dann fällt mir noch der letzte Satz des Don ein. »Und kurz bevor wir abstürzten, war die Rede von Breitling, was bedeutet das alles?« »Betrachte dich als Member des Bonusmeilen-Vielflieger-Programms!«, lacht er laut, bereut es aber sofort, denn die Rippen quittieren das Lachen mit einer Extraportion Schmerz. Der riesige Don sackt wieder zusammen. Immer noch huscht ein halbes Dutzend Möwen um ihn herum.

»Der Breitling, ich erinnere mich ...«, seine Stimme wird leiser, die Erschöpfung lässt sich nicht aufhalten, »... der Breitling ist im Salzhaff, die Lagune vor der Insel Poel. Ist nicht mehr unser Hoheitsgebiet.« Ein Hustenanfall unterbricht ihn. Er krümmt sich. Die Rippen müssen höllisch wehtun.

Schlagartig wird mir einiges klar. Wie aus einem Nebel tauchen eindeutige, nicht zu übersehende Puzzleteile auf, die eine Ahnung von dem Gesamtbild aufblitzen lassen. Der Hof liegt direkt am Wasser an den Salzwiesen der Lagune. Das ist der Breitling. Wieso weiß ich so was nicht? Ich schlage mir innerlich an den Kopf. Das bedeutet, die Bäuerin will an Mathijes verkaufen, damit der dort das Feriendorf von der Skizze, die ich in seinem Büro gesehen habe, bauen kann. Da geht es um Geld. Um viel Geld wahrscheinlich. Es passt hervorragend. Das ist der eine große Deal, von dem Theo sprach. Damit will sich Mathijes also gesundstoßen.

Ich sehe den Bauern vor mir. Stur, ein typischer Inseldickschädel, der nicht verkaufen will. Es ist ja hinlänglich bekannt, dass Bauern, wenn überhaupt, nur widerwillig etwas von ihrem Land abgeben. Die Bäuerin ist im Falle des Todes ihres Mannes natürlich Alleinerbin und hat wahrscheinlich sämtliche vertragliche Details mit Mathijes längst in trockenen Tüchern. Mord aus Habgier. Geld ist immer noch eines der beliebtesten Mordmotive.

Die ganze Zeit murmele ich unverständlich vor mich hin, schlage mir zwei-, dreimal an die Stirn und zu guter Letzt die Faust in meine eigene Pfote. Das ist es. Ich habe das Motiv. Die Möwen sehen mich mit großen Augen neugierig an.

»Was immer auch dein kleines Rattenhirn ausheckt ...«, wendet sich der Don mir zu, »... sei vorsichtig. Mathijes ist jedes Mittel recht. Mit dem ist nicht gut Fisch essen.«

Sogar Mord, geistert es mir durch den Kopf.

Wenn Theos Vater zwielichtige Typen engagieren kann, um im alten Hafenspeicher Feuer zu legen, warum nicht auch Mörder anheuern? So wird aus den seltsamen Todesumständen des Bauern ein Schuh. Zwei Kerle könnten ihn einfach auf den Nagel im Stützbalken gedrückt haben. Somit wären die Bäuerin und Mathijes die Auftraggeber für den Mord. Innerlich schreit es laut »Geronimo«. Der Fall ist so gut wie gelöst. Jetzt muss ich die beiden nur noch drankriegen.

Ich brauche Zeugen, Indizien und Beweise, und dann muss ich diese so geschickt bei der Polizei unterbringen, dass die Dussels es für ihren eigenen Ermittlungserfolg halten. Oder ich wende mich an Theo. Wie es dem Rotschopf jetzt wohl geht?

»Ich muss zurück auf die Insel, mein Pate. Ich stehe kurz davor, den Mord aufzuklären.« Die Aufregung in meiner Stimme ist nicht zu überhören, ich klinge wie ein emsiger Akkuschrauber.

Der Don winkt eine Möwe heran. Sie tuscheln kurz.

»Der Pilot, der dich hergebracht hat, wird dich auf die Insel fliegen.« Er zeigt auf die Möwe, die augenblicklich gerade steht, und fast sieht es so aus, als salutiere sie.

»Außerdem gebe ich euch ein Dutzend Geleitmöwen mit. Durch fremdes Gebiet zu fliegen ist kein Zuckerschlecken.«

Das Hoheitsgebiet der Hafenmöwen endet mit der Hafeneinfahrt. Dahinter herrschen die etwas größeren Seemöwen.

»Begegnungen mit den Seemöwen gehen nie ohne Zwischenfälle aus«, warnt mich der Don.

»Wie muss ich mir solche Zwischenfälle vorstellen?«, frage ich zögerlich und will die Antwort eigentlich gar nicht wissen.

»Kampf!«, antwortet er knapp.

»Deshalb das Geleit«, schlussfolgere ich.

Er nickt vielsagend.

»Am besten, ihr fliegt jetzt los, viele der Seemöwen sind von den hereinkommenden Fischkuttern abgelenkt.« Der Don winkt mich zu sich heran. Ich folge seiner Bitte.

Er breitet seine verbliebene Schwinge aus und nickt wortlos zum Abschied. Ich spüre seine tiefe, ehrliche Dankbarkeit und klettere auf den Hals meines Piloten. Augenblicklich starten wir in die Morgendämmerung.

Der Don ruft uns noch mit seiner Mafiastimme nach:

»Möge die Macht mit dir sein!

23

Im Formationsflug geht es hinaus in die Bucht. Mit meiner Möwe kann ich jetzt zumindest auf Flugerfahrung zurückblicken. Mein Geleitschutz besteht aus einem Dutzend Hafenmöwen, das in Dreiecksformation um mich herum Position bezieht. Ich hoffe auf einen angenehmen Flug ohne Zwischenfälle. Gern hätte ich Anschnallgurte und die Gewissheit, dass im Falle eines Druckverlustes Atemschutzmasken von der Decke fallen, aber bei *Don-Air* ist das Fliegen noch urtümlich, also quasi hautnah.

Ich bilde mir ein, die Vögel haben untereinander eine Art Funk und sagen sich so Dinge wie: »Alpha Delta 1 auf Flügelposition Check!«

Vielleicht fühle ich mich dadurch sicherer.

Mein Pilot quatscht nicht gern während des Fluges, und so genieße ich den Blick über die Wellen, die unter mir dahindonnern. Das Meer sieht aus wie flüchtig lackiert, und der Wind, der an meinen Ohren zerrt, hört sich an wie der Atem Gottes. Meine Gedanken schweifen ab, und ich kann es kaum glauben, dass ich vor noch nicht einmal 20 Stunden mit meinem ADAC-Bike in den Kuhstall gefahren bin. Seitdem ist so viel passiert, dass es mir vorkommt, als würde die Pannenfahrer-Aktion aus einem früheren Leben stammen.

Ich nehme mir vor, so bald wie möglich wieder nach Wismar zu reisen, um zu sehen, wie es Theo geht. Der Punk ist viel mehr als ein Freund geworden, eher so etwas wie eine Bestimmung, ein Schicksal. Wir würden ein gutes Team abgeben. Ein Ermittler-Duo. Privatdetektive oder so was in der Art. Schade, dass wir nicht wirklich Abschied nehmen konnten, aber vielleicht war es ja auch besser so. Ich bin im Abschiednehmen nicht so gut. Absolute Heulsuse.

Hier oben in der Luft über der Ostsee leiste ich einen Schwur. Ich werde Theodor Mathijes junior wiedersehen. Koste es, was es wolle. Eine leichte Gänsehaut überkommt mich, und ich fühle, wie sich mein schlechtes Gewissen wieder beruhigt.

»Festhalten, es geht los!«, kreischt mein Pilot, taucht unvermittelt ab und jagt nur Zentimeter über den Wellen dahin. Ich fühle die Salzwassergischt auf meinem Fell. Binnen Sekunden bin ich durchnässt.

Von oben schießen mehrere Möwen auf uns herab. An der Größe kann ich sofort erkennen, dass es sich um Seemöwen handelt. Sie sind um einiges größer als meine Hafenmöwen. Fliegende Bullterrier im Sturzflug.

Mein Geleitschutz reagiert sofort. Sie geben uns im Zickzackkurs Flankenschutz. Ein Ablenkungsmanöver, das tatsächlich Wirkung zeigt.

Die fliegenden Terrier verlieren meine Möwe aus den Augen. Stürzen sich auf die anderen. Eine erwischt es. Das massige Gewicht der Riesenseemöwe drückt eine von unseren im Flug nieder wie eine Feder und zwingt sie unter Wasser.

Die Möwe taucht einmal durch und schüttelt sich, um dann direkt wieder zu starten. Doch bevor sie abhebt, klatscht einer der segelnden Terrier auf sie drauf. Jetzt treibt sie bewusstlos auf dem Wasser.

»Haben wir gegen diese Bodybuilder überhaupt eine Chance?«, rufe ich meiner Pilotenmöwe zu.

Sie dreht sich im Flug nach hinten und nickt.

»Wir sind in der Luft wendiger, dürfen uns aber nicht auf einen Kampf oder einen Sturzflug einlassen«, keucht sie kreischend. »Ihr Gewicht lässt sie im Sturzflug verteufelt schnell werden.« Sie zeigt auf eine der Seemöwen, die gerade wie ein Stein mit Düsenantrieb zu Boden rast.

»In die Höhe schrauben. So entkommt man denen.« Sie saust weiter knapp über der Wasseroberfläche dahin.

Zwei Seemöwen versuchen, uns den Weg abzuschneiden, und kommen im 45-Grad-Winkel auf uns zugeschossen.

Unser Geleitschutz versucht, sie erneut abzulenken, doch sie werden abgedrängt wie Pappkartons. Rabiat wie beim Stockcarrennen. Ich klopfe der Möwe auf den Hals und will sie warnen.

»Längst gesehen!« Sie hält den Kurs unvermindert knapp über den Wellen. Nur noch wenige Meter trennen uns von den beiden Seeungeheuern, die uns direkt ins Visier nehmen. Ich schließe die Augen. Gleich kracht es.

»Festhalten!«, ruft mein Pilot und schraubt sich wie eine Silvesterrakete in die Höhe. Durch den Ruck falle ich nach hinten, purzle über den gefiederten Rücken und bekomme gerade noch die Schwanzfedern zu fassen. Ich hänge wie an einem lebendigen Fallschirm, nur geht es nach oben, nicht nach unten. Sie fliegt zwei Schrauben, schlägt wie ein Hase einen Haken und lässt ihre Flügel wie ein Kolibri schnellen. Wir gewinnen rasch an Höhe und lassen die Terrier tatsächlich hinter uns.

Ich wage es nicht, nach unten zu sehen aus Angst, ich könnte vor Panik loslassen. Also bleibe ich an den Schwanzfedern hängen, als mir plötzlich ein Gedanke in den Kopf schießt: Die meisten Vogelfedern, die man so findet, sind Schwanzfedern, weil die ohne großen Aufwand ausfallen.

Sofort versuche ich, ein paar Zentimeter höher hinaufzuklettern. Bei dem Auftrieb und der Schwerkraft komme ich schnell an meine Grenzen. Ich kann meine Muskelfasern fast schon reißen hören, schaffe es gerade ein kleines Stück, als von rechts einer dieser Terrier angeflogen kommt.

Meine Möwe taucht kurz ab, schlägt wiederum einen Haken und schraubt sich hoch. Immer noch hänge ich wie eine einzelne Socke an der Wäscheleine und baumle in der kalten Morgenluft hin und her. Der Wind kühlt meinen nassen Körper. Da hänge ich nun an den Schwanzfedern einer Möwe über der Ostsee, hilflos wie ein halb aufgetauter Windbeutel. Zwischenfälle hatte ich mir irgendwie anders vorgestellt, weniger aufregend.

Unter mir sehe ich meinen Geleitschutz. Langsam, aber stetig schaffen es auch die Seemöwen in unsere Höhen. Plötzlich tauchen aus dem blauen Nichts über uns ein paar dieser fliegenden Kämpfer auf und stürzen sich auf uns.

Meine Möwe bremst ab, taucht weg und versucht, sich in die Aufwinde zu schrauben. Sie ist nicht schnell genug. Von beiden Seiten bedrängen uns riesige Seemöwen. Ich kann die Gier in ihren Augen erkennen. Sie starren mich an, und erst jetzt erkenne ich die Situation klar und deutlich. Diese Terrier sehen in mir die Beute, die sie der anderen Möwe abjagen wollen.

Die Taktik bei Möwen ist immer die gleiche. Man bedrängt den Rivalen so sehr, dass er nicht anders kann, als die Beute fallen zu lassen. Ich muss weiter hinauf, versuche, mich wieder um den Hals meines Piloten zu klammern, und greife beherzt in das Gefieder, als genau die Schwanzfeder nachgibt, auf die ich gerade mein Gewicht verlagere. Wie in Zeitlupe sehe ich mich nachfassen, doch geht mein Griff hoffnungslos ins Leere. Mein Pilot ist durch den plötzlich losgewordenen Ballast im Turbo nach oben geschossen.

Ich falle, halte immer noch verzweifelt die Schwanzfeder fest. Aus den Augenwinkeln sehe ich eins dieser fliegenden Seeungeheuer mit spitzem Schnabel auf mich zurasen. Vielleicht bilde ich es mir nur ein, aber ich kann bereits erkennen, wie der Möwe das Wasser im Mund zusammenläuft. Ich bin verloren. Stürze in die Tiefe, drehe mich im freien Fall mehrmals um die eigene Achse. Wie ein Wurfmesser schnellt der gelb leuchtende Schnabel auf mich zu. Gleich spießt er mich auf.

Mit weit aufgerissenem Schnabel visiert sie mich an, braucht nur noch zuzuschnappen, als von rechts mein Pilot wie ein Rammbock in ihre Seite kracht. Beide trudeln unkontrolliert hinab. Fürs Erste bin ich zwar gerettet, aber immer noch im freien Fall.

Unter mir kommt mit der Geschwindigkeit eines ICE das Wasser auf mich zu. Ich habe mal gehört, dass Wasser beim Aufprall aus großer Höhe hart wie Beton sein soll. Das ermutigt mich nicht unbedingt, während ich weiter ungebremst in die Tiefe jage. Ich kann die Schwerkraft spüren. Sie drückt mich hinab. Kurz bevor man stirbt, sagt man, zieht das Leben im Zeitraffer an einem vorbei. Dann sollten die jetzt mal langsam den Film starten, denn viel Zeit bleibt mir nicht mehr.

Unter mir taucht eine Möwe hindurch, zieht kurz die Flügel an, um mich aufzufangen. Es ist mein Pilot. Ich reiße die Arme auseinander, um mich festzukrallen. Unsanft lande ich in seinen Schwingen, purzle aber vom Rand des Flügels und falle erneut. Durch das kurze Auffangen ist meine Fallgeschwindigkeit deutlich reduziert worden.

Klatschend wie ein Paddel treffe ich auf dem Wasser auf. Es tut immer noch höllisch weh. Gott sei Dank kein Bauchklatscher, bedanke ich mich beim Schicksal, und schon ziehen mich Strudel und Wellen hinab ins nasse Grab.

Ich bin ein äußerst schlechter Schwimmer. Zum Seepferdchen hat es nie gereicht. Um mich herum Wasserwirbel und Luftblasen. Ich verliere die Orientierung, weiß nicht mehr, wo oben und unten ist.

»So kann ich nicht arbeiten!«, schreie ich und merke, wie mir der Druck die Luft aus den Lungen presst.

Irgendwo taucht ein Federvieh auf. Ich erkenne weder Freund noch Feind. Es ist mir auch egal. Der mir zugeteilte

Möwenpilot taucht elegant wie eine Forelle durch die Fluten, packt mich und ist binnen Millisekunden wieder in der Luft.

Ich hänge als nasser Waschlappen in den Klauen meiner Möwe. Kotze wie ein stotternder Rasenmähermotor das Salzwasser aus meiner Lunge, um gleich wieder in schwindelerregende Höhen geschraubt zu werden. Es ist leider nicht vorbei. Die Flugterrier geben sich noch längst nicht geschlagen und jagen bereits hinter uns her. Ich muss mir etwas einfallen lassen, noch so einen Sturz überlebe ich nicht. Ich zerre an den Schwimmhäuten der Möwenfüße.

»Ey, lass mich hoch!«, rufe ich ihr zu.

Sie zieht im Steigflug ihre Beine an. Ich kralle mich in das Brustgefieder, versuche, es zu ihrem Hals zu schaffen, und wühle mich durch die dichten Federn, als ich auf einen kleinen Flakon stoße, ähnlich wie der des Don.

Diese Möwen sind doch alle süchtig, kein Wunder, dass die so aggressiv sind, denke ich mir, schnappe mir den kleinen Behälter, beiße den Lederriemen durch und hangele mich wie ein Cowboy auf den Hals. Meine Fußkrallen graben sich in die Daunen am Nacken. Jetzt sitze ich fest im Sattel. Die Terriermöwen sind uns dicht auf den Fersen. Ich weiß, was zu tun ist. Schließlich bin ich ADAC-Pannenfahrer! Ich reiße den kleinen Korken vom Flakon und stülpe die Öffnung direkt in eines der Nasenlöcher meiner Möwe. Dazu muss ich mich zwar weit rauslehnen, aber ich habe einen Plan. Mit allem Druck, den ich aufbringen kann, presse ich den Flakon auf das Nasenloch. Große Schatten rasen von rechts und links auf uns zu. Zwei Kampfmöwen im Anflug.

Mein Pilot stockt kurz, breitet die Schwingen aus, verharrt für eine Nanosekunde bewegungslos in der Luft, die Augen weit aufgerissen. Zwei schwarze Löcher. Dann entlädt sich, wie eine Fehlzündung bei einem alten VW Käfer, ein Niesen, das uns einen kleinen Rückstoß gibt. Die Wirkung des Abflussreinigers setzt ein.

Sofort bin ich in Position. Ich kann Motorrad fahren, also werde ich das jetzt und hier in der Luft tun. Meine Fäuste graben sich in den Hals der Möwe. Sie bäumt sich kurz auf, dann gebe ich ihr die Sporen. Meine spitzen Zehen schlagen wie ein Blitz in ihren Nacken, gleichzeitig reiße ich rechts an den Federkielen. Augenblicklich reagiert die Möwe so, wie ich es erhofft habe. Wenn ich's nicht besser wüsste, würde ich denken, ich säße auf einem motorisierten Kolibri. Die Schwingen schlagen wie im Zeitraffer. Sie taucht nach rechts weg und erreicht eine Geschwindigkeit, dass mir der Gegenwind die Nasenhaare ins Hirn schiebt.

Die Flugterrier versuchen, uns nachzustellen. Ein weiteres Dutzend taucht vor uns auf. Angriffslustig und blutrünstig wetzen sie ihre Schnäbel.

Ich reiße am Hals meiner Möwe, trete ihr die Krallen in den Nacken. Sie verzögert mit der Kraft eines Formel-1-Boliden. Ich spüre, wie meine Organe verspätet bremsen und gegen meinen Brustkorb drücken. Sie geht in den Sturzflug über. Damit der Luftwiderstand möglichst gering ist, lege ich mich flach auf den Hals. Wir schießen wie ein Tornado hinab.

Die Terrier folgen uns. Im Sturzflug sind sie uns überlegen, hat meine Möwe gesagt. Ihr Gewicht hat den Vorteil einer höheren Fallgeschwindigkeit. Ich kratze mich gedanklich am Kopf und frage mich, woher ich dieses Physikwissen habe. Wir sind pfeilschnell, doch holt die Terriergang unaufhaltsam auf. Nur noch wenige Meter trennen uns. Siegessicher grinsen sie.

Um den letzten Rest aus meiner Möwe herauszuholen, kralle ich mich fester hinein. Gefühlt legen wir noch ein Brikett nach. Wir befinden uns im Anflug auf eine Sandbank. Ich erkenne einige Robben. Der helle Sand rast auf uns zu. Hinter uns die Terrier. Aus den Metern sind nun Zentimeter geworden. In zwei Sekunden sind unsere Schwanzfedern in Schnabelreichweite. Meine Möwe, immer noch mit weit aufgerissenen Augen, im Vollrausch und auf Highspeed. Ich kann den Sand bereits riechen. Alles in mir schreit »Geronimo«.

Blitzschnell richte ich mich auf, ziehe den Hals der Möwe hoch und grabe meine Fußkrallen in ihren Nacken. Kräftig, als träte ich auf eine Bremse. Ihre Schwingen breiten sich schlagartig aus, der Brustkorb krümmt sich wie eine Halbmondsichel, und sie macht einen Schwanenhals. Abrupt und ohne Vorwarnung bleiben wir Zentimeter vor dem Sand wie ein Lenkdrachen stehen. Hätten wir Bremsscheiben, würden die jetzt glühen und Funken sprühen. Unsere Verfolger reißen die Augen auf. Die Überraschung, mit der sie die Situation erkennen, kann man in einem Wort zusammenfassen:

SHIT!

Bevor sie mit ihren schweren Körpern reagieren können, rasen sie ungebremst in den Sandboden. Ihr Gewicht, in Verbindung mit der Geschwindigkeit, treibt ihre gelben

Schnäbel unangespitzt bis zu den Augen in den Sand, in dem sie wie vibrierende Wurfmesser stecken. Sekunden später fallen ihre Flügel wie bei einer geschälten Banane nach unten.

Die Robben gähnen, heben ihre Köpfe, und bei dem Anblick des halben Dutzends geschälter Bananen-Terriermöwen im Sand beginnen sie, mit ihren Flossen frenetisch zu klatschen.

»Endlich mal eine Sandbank mit Animationsprogramm«, brüllt eine der gesprenkelten Robben und kugelt sich vor Lachen im nassen Sand.

Weit abgeschlagen, hundert Meter hinter uns über dem Meer, glotzen die Möwen unseres Geleitschutzes fassungslos in unsere Richtung. So etwas haben sie noch nie gesehen. Diese Geschichte wird man sich noch über Generationen hinweg erzählen. Da sind sie sich sicher.

Etwas ungläubig, aber noch voll auf Abflussreiniger starrt meine Möwe auf die besiegten Flugterrier, schüttelt den Kopf und verkündet voller Stolz: »Larus iacta est.«

Ich blicke sie fragend und ratlos an.

»Was?«

»Die Möwen sind gefallen!«

Ich bin restlos überzeugt. Die Möwen haben einen Knall. Die eine hat einen Fetisch für Filmzitate, und meine heißt wohl Cäsar und hat einen Lateintick. Vielleicht sind wir deshalb ein so gutes Team. Lateiner unter sich.

»Bereit für Vollgas zur Insel?«, frage ich und tippe meine zwei Finger an die Stirn.

»Carpe diem!«, kreischt meine Möwe.

Voller Übermut gebe ich ihr die Sporen, lasse die Zügel locker. Sie zuckt kurz und schnellt los. Nur wenige Meter über den Wellen jagen wir wie tollwütige Surfer durch die Gischt. So fühlt es sich an, wenn man lebt. Richtig lebt.

»Schließ die Augen!«, rufe ich Cäsar zu.

»Blindflug?«, fragt sie misstrauisch.

»Jep«, entgegne ich. »Herzlich willkommen bei Adrenalin-Airline!« Der Wind lässt meine kleinen spitzen Ohren flattern.

»Na gut!« Cäsar schließt die Augen und wird automatisch etwas langsamer.

Sofort gebe ich ihr wieder die Sporen. Wir legen einen Zahn zu. Dann schließe auch ich die Augen, nachdem ich meinen Sitz noch mal auf Haltefestigkeit überprüft habe. Unaufhaltsam wie eine Müllpresse drücke ich meine Fußkrallen in ihre Nackendaunen.

Wir jagen über die Wellen durch das Ostsee-Universum. Sobald die optischen Sinne ausgeschaltet sind, überkommt mich das Gefühl der Unendlichkeit. Ich rieche die Wellen, schmecke das Salz und fühle die Geschwindigkeit. In mir breitet sich die vollkommene Freiheit aus.

Noch mehr Geschwindigkeit. Ich bin im Rausch gefangen. Fester und tiefer gebe ich meiner Lateinermöwe die Sporen. Meine Seele stürmt mit Lichtgeschwindigkeit durch die Ewigkeit.

»Geronimo!« Pure Lebensfreude schreit aus mir heraus.

Irgendwo aus dem Nichts höre ich die Schallmauer brechen. Es ist ein sich langsam anbahnendes Geräusch. Stockend und gleichzeitig immer näher kommend. Gleich erreichen wir die Sterne. Ein ohrenbetäubender Knall. So als schlügen uns riesige alte Pfannkuchen um die Ohren.

Jäh werde ich aus dem Universum gerissen. Wir haben den Fischkutter übersehen und sind wie eine Kanonenkugel in das Achtersegel geknallt. Cäsars Schnabel hat ein Loch in das vergilbte Segel gerissen, und nun hängt die Möwe mit abgeknicktem Hals kurz oberhalb des Baumes.

Ich rutsche an dem Segelstoff hinab und lande in einer der Refftaschen am Segel.

Die Freiheit war nur von kurzer Dauer. Der Flug göttlich, aber die Landung hart.

Ein Matrose auf dem Kutter eilt zum Achtersegel. In der Hand einen Bootshaken, der nicht gerade freundlich, geschweige denn einladend wirkt.

Die Möwe rutscht etwas ab und krallt sich am Baum fest. Sie sieht mich mit zusammengekniffenen Augen an, bevor ihre Stimme durch die Luft kreischt:

»Veni, vidi und voll verloren!«

War klar. Irgendein Spruch musste ja kommen. Ich versuche, mich aus der Refftasche zu befreien, als im nächsten Moment der Bootshaken neben uns aufschlägt.

»Na wartet, ihr verdammten Scheißmöwenviecher«, schimpft der Seemann.

Cäsar breitet rasch seine Schwingen aus und erhebt sich mit einem Kreischen in die Luft.

Der Matrose fuchtelt noch etwas unbeholfen mit dem Haken herum, erwischt die Möwe aber nicht. Eben noch in der Unendlichkeit unterwegs und jetzt mutterseelenallein auf irgendeinem Seelenverkäufer mitten auf hoher See.

Ich muss an den Don denken und sage mir: »Viel zu lernen du noch hast!«

24

Auf einem Rettungsring lese ich »Hilde – Kirchdorf«. Glück im Unglück, jubiliere ich. Der Kutter »Hilde« ist von meiner Insel. Das bedeutet, ich muss mich nur ruhig verhalten und komme automatisch nach Hause. Vom Hafen zum Hof sind es zwar noch zwei Kilometer, aber das ist in Anbetracht der Odyssee der letzten 24 Stunden ein Klacks.

Umständlich befreie ich mich aus der Refftasche und husche über das abgewetzte Deck an der Bordwand entlang.

Die »Hilde« ist ein alter Holzkutter. Der Diesel tuckert wie ein stolperndes Uhrwerk dahin, während sie die Schleppnetze zieht. Der Seemann mit dem Bootshaken wankt zum Heck. Es herrscht wenig Seegang, aber in der Teetasse schwappt viel Rum mit.

Der Kutter ist auf dem Weg in den Hafen. Der Fang über Nacht war mehr als dürftig, weshalb die Crew noch mal die Zeese, das Schleppnetz, rausgeworfen hat.

»Die Hoffnung stirbt zuletzt!«, ruft der Kapitän, als er das Kommando zum Einholen gibt. Die Winden ziehen das Fangnetz hoch. Ich jage im Schatten der Bordwand hinter den Fischtank, ein im Schiffsboden eingelassener Meerwassertank für den Lebendfang.

Um einen Überblick zu bekommen, klettere ich auf eine Kiste und sehe das Netz aus den Wellen auftauchen. Darin tummeln sich Tausende Ostseekrabben. Augenblicklich, wie durch Zauberhand, flattern zwei Dutzend Seemöwen um den Kutter herum und kreischen im Chor »The Winner takes it all« von ABBA. Die Möwen werden mir immer suspekter.

Der Seemann ballt die Faust, kippt schnell noch den Rest Rum mit Tee in sich hinein und schiebt das Netz mit dem Aushänger am Kran über die Steuerbordseite in Richtung Fischtank.

Die »Hilde« neigt sich mit dem Gewicht der Krabben nach Steuerbord, bringt mich aus dem Gleichgewicht, und ehe ich stürze, ergreife ich ein Seil, das über eine Rolle mit dem Tampen für die Zeese am Ausleger verbunden ist. Das Seil rauscht durch die Rolle, gleich werde ich in dem mächtigen Holzblock zu Rattenhack zerquetscht. Wie ein Fallschirmspringer lasse ich alle viere auf einmal los und falle rückwärts nach unten.

Der Typ am Kranausleger sieht mir staunend zu. Er fragt sich in diesem Moment, ob es an dem Rum im Tee liegen könnte oder ob da tatsächlich ein Hamster durch die Luft fliegt.

Im Flug erwische ich mit einer Vorderpfote die Wollmütze des Seemanns, halte mich daran fest, schwinge einmal herum und lande auf seinem Unterarm. Er schüttelt sich. Ich weiß nicht, ob vor Angst, Abscheu oder Überraschung. Ich husche den Unterarm weiter hinab, versuche, über seine Hand zu springen.

Zwei Terriermöwen stürzen sich auf uns, er verscheucht sie mit dem Arm, schleudert mich dadurch unbeabsichtigt wieder in die Höhe, und ich lande direkt im Kragen seines Seemannspullovers.

Seine Haut ist schweißnass. Wie auf einer Wasserrutsche gleite ich seinen Rücken hinab. Panik macht sich breit. Der Fischer lässt reflexartig das Seil los. Das Schleppnetz rauscht herab, landet klatschend auf dem Wasser und versinkt erst langsam, dann immer schneller in der Tiefe. Die Krabben schwimmen für einen kurzen Moment an der Wasseroberfläche. Kamikazeartig stürzen sich die fliegenden Terrier auf das brodelnde Wasser. Festschmaus. Krabbencocktail.

Der Seemann dreht sich tanzend um die eigene Achse, schlägt sich auf Rücken, Bauch und Hintern, um mich zu erwischen. Er spürt, dass da etwas zwischen Haut und Kleidung krabbelt, reißt sich seinen Pullover vom Leib und hüpft dabei unbeholfen wie ein angetrunkener Hobbit über das Deck.

Ein Déjà-vu. Es erinnert mich an die Fahrstuhlszene im Krankenhaus in Wismar. Er schält sich aus den Ärmeln. Ich suche mir eine Falte, in der ich mich festkrallen kann. Während der Kapitän herbeigerannt kommt, zeternd und wütend, schmeißt der Seemann endlich seinen Pullover weg.

Im gleichen Augenblick trifft die Faust des Kapitäns den Seemann an der Schläfe. Wie eine Plastiktüte sackt der Fischer in sich zusammen und bleibt regungslos auf dem Deck der »Hilde« liegen.

»Vollidiot!«, schreit der Kapitän und sieht seinem Fang nach, der in den Wellen untergeht.

Die Krabben sind noch mal mit dem Leben davongekommen, zumindest diejenigen, die nicht von den Seemöwen verspeist wurden.

Ich hänge im fallenden Pullover, kralle mich fest, als eine Windböe den Pulli erfasst und wie ein Herbstblatt davonträgt. Dass etwas nicht stimmt, spüre ich in dem Moment, als die Fasern des Pullovers sich voll Wasser saugen und ich in dem Ärmel auf den Wellen schaukele.

»Na toll!«, schreie ich wütend. Das Gewicht des nassen Stoffes lässt den Pullover schnell sinken. Ich schwimme wie durch einen Tunnel aus dem Ärmel und denke dabei an den Ärmelkanal. Was für einen Scheiß man im Moment des Überlebenskampfes denken kann!

Geschafft. Unter mir wird der Wollpullover hinab in die Tiefe gezogen.

»Hilde« tuckert unbeeindruckt weiter.

»Hallo!«, rufe ich. »Hallo!« Mir langt es. Ich bin wütend. »Hat denn niemand die Ratte über Bord gehen sehen? Hallo? Ratte über Bord!«

Natürlich weiß ich, dass all das nichts nützt, aber die ständigen Ausnahmesituationen, diese ganze Action, das alles ist nur noch mit Galgenhumor zu ertragen.

»Hallo!«, versuche ich es erneut. Diesmal werde ich noch komischer. »Hamster über Bord!«, rufe ich verzweifelt.

Es ist nicht die »Hilde«, die auf mich aufmerksam wird,

sondern eine der Möwen. Sie sieht mich hilflos im Wasser planschen. Sofort ändert sie ihre Flugbahn und stürzt auf mich zu. Zumindest sterbe ich als Held im Kampf oder – wenn man es wesentlich nüchterner betrachtet – als Möwenfutter auf der Ostsee. Immer noch besser, als zu ertrinken, tröste ich mich. Ich höre ihren Kampfschrei.

»Morituri te salutant.« Erst jetzt erkenne ich sie. Meine Lateinmöwe. Den alten Gladiatorengruß auf den Lippen. Diese Viecher sehen auch alle gleich aus.

»Dich schickt der Himmel!«, rufe ich überglücklich und merke sofort, dass etwas nicht stimmt. Sie befindet sich nicht im Sturzflug, sondern im Trudeln. Sie stürzt ab. Und offenbar direkt auf mich. Hektisch beginne ich zu kraulen, um aus der Flugbahn zu kommen, als sie mit einem fetten Klatscher aufschlägt, und schon befinde ich mich erneut unter Wasser. Prustend tauche ich auf. Die Möwe liegt mit ausgebreiteten Flügeln auf den Wellen, den Kopf unter Wasser hängend. Sie ist bewegungslos. Kein Flattern oder Flügelschlagen. Der Hals hängt wie ein Gartenschlauch herab.

Immer noch am Wassertreten, entscheide ich mich erst mal aufzusitzen. Kralle mich ins Gefieder und hangele mich hoch. Sobald ich auf ihrem Nacken sitze, versuche ich, ihr die Sporen zu geben und sie irgendwie wiederzubeleben. Keinerlei Reaktion. Sie treibt auf den Wellen wie eine tote Plastiktüte.

Denk nach, sage ich zu mir selbst. Du bist Pannenfahrer. Was macht man in Seenot? Mund-zu-Mund-Beatmung fällt mir ein, aber wie soll ich eine Möwe beatmen, deren Kopf unter Wasser hängt?

Tauchen. Ich werde nicht drum herumkommen, also gleite ich seitlich ins Wasser, hole tief Luft und tauche unter. Wie ein Blinder taste ich mich an dem Möwenhals entlang, finde den Kopf und tauche etwas weiter den Schnabel hinunter. Ich überlege noch, wie ich Luft in ihre Nasenlöcher bekommen soll, als ich ihre Augen sehe. Sie ist weder bewusstlos noch in Gefahr. Ihre Augen folgen den Fischen im Wasser, wie bei einem Tennisspiel. Ich versuche, unter Wasser zu winken. Sie erkennt mich nicht. Dumm und glücklich schaut sie den Fischen zu.

Mir geht die Luft aus, ich muss auftauchen. Außer Atem, klettere ich wieder am Gefieder hoch, setze mich auf ihren Nacken und haue meine Krallen, so tief es geht, in ihre Halsfedern. Nichts. Sie zuckt nicht einmal. Ich entschließe mich zu warten, bis sie zum Atmen von alleine hochkommt. Weitere endlos lange 60 Sekunden vergehen, bevor sie auftaucht und gierig nach Luft schnappt.

»Alter, das ist voll krass.«

An ihrer Stimme bemerke ich es sofort. Die ist high wie ein Hippie.

»So viele bunte Fische. Voll krass. Wie im Aquarium!« Ihre Stimme ist eine Mischung aus Singsang und Kreischen.

»Das ist hier ist so was wie ein Aquarium«, antworte ich entnervt.

»Ach was?« Sie sieht sich um. »Ist ja ’n Riesending, dieses Aquarium.« Sie kichert infantil.

Die Menge in dem Flakon war wohl doch etwas zu viel auf einmal.

Sie sieht mich an und lacht gackernd wie ein verrücktes Huhn.

»Ave Imperator!«, ruft sie, kichert noch mal und taucht wieder unter.

Langsam versuche ich zu begreifen, in welche Lage mich das Schicksal gebracht hat. Ich sitze auf einer Möwe mit einem Lateinfetisch, die zugekokst bis unters Hirn bunte Fische guckt. Irgendwo auf der Ostsee. Und außerdem friere ich. Und hungrig bin ich auch. Und not amused. Ich halte Ausschau nach der »Hilde«. Der Kutter läuft in Richtung Hafen, also auf die Insel zu. So habe ich zumindest eine grobe Richtung. Die »Hilde« werden wir wahrscheinlich noch ein wenig länger sehen. Sie wird von einer Horde hungriger, gieriger Möwen begleitet, die wie ein Schwarm Moskitos um den Kutter herumschwirrt.

Meine Cäsar-Möwe taucht noch zwei Dutzend Mal auf und ab, ist immer wieder aufs Neue fasziniert von den bunten Fischen, wobei in der Ostsee vor der Insel Poel neben den Ostseekrabben nur Dorsch, Aal, Hering und Flunder vorkommen. Allesamt Fische, die nicht unbedingt für ihre Farbvielfalt berühmt sind.

Aber so high, wie sie ist, würde es mich nicht wundern, wenn sie auf Kapitän Nemo oder Poseidon höchstpersönlich träfe. Als sie wieder auftaucht, sieht sie mich an, kichert und gibt einen kurzen Werbejingle zum Besten:

»Spielt das Leben mal verrückt,
ja, was ist denn schon dabei?

Da nimmt man Abflussfrei.
Das macht die Möwe high.«

Sie kichert erneut übermütig und taucht wieder unter. Ich kann mich glücklich schätzen, dass sie das nicht auf Latein gesungen hat.

Die »Hilde« ist längst aus unserem Blickfeld verschwunden. Wir dümpeln immer noch wie Treibholz umher. Die Kälte auf dem Wasser ist unangenehm, und ich kuschle mich in die Daunenfedern der Möwe, um etwas Wärme abzugreifen. Einer zugekoksten Möwe ausgeliefert. Ich höre auf, mich zu ärgern. Wie hat Theo gesagt?

»Wer sich ärgert, verliert!«

Was der Punk jetzt wohl macht?

Ein Stück Treibholz kommt in Reichweite. Ich greife nach ihm wie nach dem berühmten Strohhalm. Ein paar Muscheln haben sich daran festgesetzt. Endlich kann ich wieder etwas tun, bin nicht mehr zur Hilflosigkeit verdammt. Mit diesem Stück Treibholz könnte ich zum Beispiel der Möwe den Schädel einschlagen, wozu ich nicht übel Lust hätte, entscheide mich aber für die sportliche Variante des Stand-up-Paddlings.

Es erfordert ein wenig mehr Balance, als ich dachte, um aufrecht auf dem Möwenkörper zu stehen, aber dann geht's. Mit dem Holz paddle ich uns Richtung Insel, der Sonne entgegen, während Cäsar bunte Fische guckt.

Bis zur Unendlichkeit und noch viel weiter, schießt es mir durch den Kopf. Ich muss lachen. Der Umgang mit den Möwen färbt ab.

25

Irgendwann gegen Mittag lässt die Wirkung des Abflussreinigers nach, und die Möwe klagt über Kopfschmerzen.

»Du hast die ganze Zeit den Kopf unter Wasser gehabt«, sage ich, entkräftet vom Paddeln.

»Na und?«

»Na ja, der ist doch wohl dann gut gekühlt.«

»Immer einen kühlen Kopf bewahren, wie schon Störtebeker sagte.« Die Möwe lacht über ihren Witz.

Ich find's nicht lustig. »Können wir dann jetzt starten?«, frage ich voller Ungeduld.

Die Möwe schüttelt ihr Gefieder. »Anschnallen und Tischchen …«, sie sieht zu mir, »… äh, Paddel hochklappen!« Sie kichert schon wieder. Immer noch high. Das Meerwasser hat einen getrockneten Salzfilm auf meinem Fell hinterlassen. Ich klopfe mich ab, bevor wir starten.

…

Die Insel ist bereits in Sichtweite, und ein paar Minuten später setzen wir zum Landeanflug auf dem Milchhof an. Wir ziehen einen Bogen um den Stall. Ich kann die Kühe hineintrotten sehen. Der Traktor des Bauern steht im Hof. Martens hat den großen Anhänger hinten angekoppelt.

Bevor wir mit dem Sinkflug beginnen, flüstere ich der Möwe etwas ins Ohr. Sie nickt stumm und gewährt mir den Gefallen. Wahrscheinlich hat sie ein schlechtes Gewissen wegen ihres Aquariumtrips. Wild flatternd wirbeln wir durch das offene Stalltor. Cäsar macht ordentlich viel Aufruhr. Ich sitze auf dem Hals, überblicke die Szenerie. Whisky, der Kater, springt auf. Verharrt mit wedelndem Schwanz in Habachtstellung. Vollekanne lässt ein überraschtes »Muh« erklingen, und plötzlich sind alle Blicke im Stall auf uns gerichtet.

Die Möwe geht nieder wie ein Drache, spreizt die Schwingen wie ein Adler und setzt majestätisch zur Landung an. Sie lässt einen markerschütternden Schrei los. Ich tätschle ihr den Hals und sage so laut, dass es jeder hören kann.

»Ruhig, Brauner!«

Dann springe ich mit einem Satz ab und gebe der Möwe einen Klaps auf die Schwanzfedern als Zeichen, dass sie loslegen kann.

Sie dreht sich zu mir, reißt einen Flügel hoch und kreischt: »Ave Imperator!« Dann steigt sie in die Luft und entschwindet durchs Scheunentor in den blauen Himmel.

Genau so, wie ich es mir erhofft hatte. Während des Fluges kam mir diese geniale Idee. Wenn schon nicht mit meinem Motorrad, dann doch durch die Luft als Möwenbändiger. Das macht mindestens genauso viel her.

Ja, ich mache auf dicke Hose und hoffe, alle werden meinen Ermittlungsergebnissen Gehör schenken. Im Stall herrscht ehrfürchtige Stille, bevor der Kater das Schweigen bricht. »Um ein Haar hätte ich das Vogelvieh gefressen.«

»Um ein Haar hättest du dir in die Hosen gemacht!«, entgegnet Dickeberta.

Ihre Bemerkung beendet die Zurückhaltung im Stall, und von allen Seiten strömen die Neugierigen herbei. So eine Punktlandung mit einer Möwe erregt halt Aufsehen. Ich genieße die Aufmerksamkeit noch, als Vollekanne auf mich zukommt.

»Der Bauer hat vergessen, uns heute Morgen zu melken. Das ist in all den Jahren noch nie vorgekommen!«

»Der Bauer ist tot«, entgegne ich resigniert.

»Das ist doch noch lange kein Grund, sich vor der Arbeit zu drücken«, schnaubt sie und hebt divenhaft den Kopf.

»Der Bauer ist doch im Himmel, schon vergessen?«, klärt Dickeberta sie auf.

»Ja, und wann gedenkt der Herr Bauer zurückzukommen, he?« Vollekanne hat es immer noch nicht geschnallt, denke ich. Es ihr zu erklären ist sinnlos, und so versuche ich, vom Thema abzulenken.

»Wo ist eigentlich Bob?« Der Hofhund war schließlich gestern nicht im Stall.

»Bob liegt in seiner Hütte. Der ist vorgestern Nacht kastriert worden.« Whisky klemmt die Hinterläufe bei dem Satz zusammen. Ihn hat der Bauer noch nicht einfangen können, sonst hätte er seine Kronjuwelen längst abgeben müssen. Aber jetzt, da der Bauer tot ist, ist das eine Gefahr weniger.

»Man spricht nicht hinter dem Rücken über mich, merkt euch das!« Bob kommt durch das Tor. Breitbeinig.

»Bob«, rufe ich, »ist das wahr?«

»Das schwöre ich bei meinen Eiern, äh, na ja, du weißt schon.« Der schwarze Mischlingsrüde (oder sagt man jetzt das schwarze Hund?) setzt sich behutsam hin.

»Ich hatte ja keine Ahnung«, stammle ich verlegen. Er tut mir leid.

»Ich hatte keine Chance. Der Bauer hatte den Tierarzt hier, schnappte mich, und ehe ich mich versah, steckte die Betäubungsspritze in meinem Fell.«

»Ich sage euch, der Bauer hatte seine helle Freude daran!« Dickeberta spuckt verächtlich aus, was bei einer Kuh nicht verächtlich, sondern dämlich aussieht.

»Und hätte der Tierarzt noch Zeit gehabt, dann hätten sie Pedro auch zum Ochsen gemacht!«, entrüstet sie sich, wirft den Kopf zurück und wackelt mit den Ohren.

Ich merke, wie mich die letzten 24 Stunden verändert haben, und schüttle den Kopf.

»Aber da hat der Bauer die Rechnung ohne mich gemacht!«, fügt Dickeberta an.

»Jetzt mal langsam!«, rufe ich. »Ich habe in Wismar jede Menge herausgefunden und den Mord an dem Bauern so gut wie aufgeklärt!«

»Na, mit Aufklärung kann Bob ohne Eier wohl nichts mehr anfangen!«, lacht Whisky, geht jedoch gleich in Lauerstellung. Bob ist groß wie ein Wolf, und auch wenn sein Sexleben der Vergangenheit angehört, so besitzt er immer noch ein eindrucksvolles und Furcht einflößendes Gebiss.

»Wann war die Ratte denn in Wismar?«, will Vollekanne wissen.

Ich gebe es auf. Warum soll ich mir eigentlich die Mühe machen und den Mord an dem Bauern aufklären?

Das weiße Huhn taucht neben mir auf, blickt mich an und will etwas sagen, aber in dem Moment, als es den Schnabel aufmacht, entdeckt es ein Korn im Heu und pickt es aufgeregt auf. Vergessen, was es sagen wollte, sieht es mich verwirrt an und überlegt krampfhaft. Wenn Hühner angestrengt nachdenken, dann sieht das aus, als würden sie Zauberwürfel statt Eier legen.

»Ich bin im Sarg des Bauern mit nach Wismar gefahren«, sage ich entnervt.

»Ja, das habe ich gesehen«, unterstützt mich das weiße Huhn.

»Mit dem Bauern im Sarg?«, staunt Vollekanne.

»Jep!«

»Erzähl, was hat er gesagt?«, fragt sie erneut.

Ich ignoriere die dumme Kuh.

»In Wismar«, fahre ich fort, »habe ich herausgefunden, warum der Bauer ermordet wurde.« Mit dieser Aussage habe ich noch nicht die gewünschte Aufmerksamkeit bekommen, also lege ich nach.

»Und es hat mit unser aller Ende und dem Aus des Hofes zu tun!«, füge ich melodramatisch hinzu.

Das hat gesessen. Jetzt herrscht plötzlich Ruhe. Der Hof bedeutet für alle hier das Universum, und das kann doch nicht so einfach enden?

»Und wann beginnt unser aller Ende?«, will Vollekanne wissen.

»Wir sind mittendrin!«

»Also sind wir nun am Ende oder mittendrin?«, fragt sie nachdenklich.

Ich muss zugeben, in ihrer Dummheit sind Kühe tatsächlich manchmal weise. Ohne weiter auf sie einzugehen, erzähle ich, wie ich im Sarg nach Wismar fuhr, in der Pathologie dem Punk begegnete, der sich als erster Mensch entpuppte, der Tiere oder, besser gesagt, mich verstehen kann.

»Ein Mensch kann die Sprache der Tiere?«, fragen alle ungläubig.

»Ich weiß, es klingt verrückt, aber es ist wirklich wahr!«, fahre ich fort und beschreibe, wie sich in kurzer Zeit unsere Freundschaft entwickelt hat. Das Abenteuer im Spieleparadies und dann die Begegnung in der Stadt mit der Witwe des Bauern.

»Die saß da und trank Sekt, an dem Tag, an dem ihr Mann ermordet wurde«, betone ich absichtlich.

»Trinken alle Mörder Sekt?«, will Vollekanne wissen.

»Keine Ahnung, darum geht es doch gar nicht.« Ich wische ihre Bemerkung weg. »Zurück in der Pathologie, war ich dann aus der Zwiebacktütenperspektive Zeuge der gerichtsmedizinischen Untersuchung«, fahre ich fort. Die Odyssee durch das Krankenhaus erwähne ich nur am Rande.

Ich will nicht, dass der Stall ein falsches Bild von mir bekommt und mich diese Geschichte eventuell als Drogensüchtiger in Verruf bringt, also springe ich in der Chronologie direkt zum Einbruch in das Büro von Mathijes.

Meine Geschichte klingt recht unglaubhaft, wie ausgedacht, aber ich sehe an den Gesichtern, dass sie mir alle, sogar der Kater Whisky, aufmerksam folgen. Besondere Details wie das Wort »Breitling« in dem Kalender von Theos Vater lasse ich gekonnt nachwirken. Und ich unterschlage auch keine Details, als ich dem Oberboss der Möwen, dem Paten höchstpersönlich, das Leben gerettet und im Moment der Todesgefahr die Schlüsselinformation zum Mord erhalten habe.

Mittlerweile steht der komplette Stall versammelt mit offenen Mäulern oder Schnäbeln da, und hört mir wie in Trance zu. Kurz beschleicht mich der Gedanke, sie könnten denken, ich erzählte eine Art Hörspiel. Nun bin ich beim Motiv, der Stütze meiner Indizienkette.

»Der sture Bauer wollte nicht verkaufen, und die Aussicht auf viel Geld und ein sorgloses Leben in der Sonne mit Sekt und was sonst noch so dazugehört hat die Bäuerin dazu getrieben, ihren Mann umzubringen. Entweder allein, was angesichts der Todesumstände nicht infrage kommt, oder mithilfe von Martens. Vielleicht sogar mit dem alten Mathijes selbst.«

Ich lege eine Denkpause ein. Nicht für mich, sondern für die Kühe und Hühner. Die brauchen einen Moment, um das alles zu verarbeiten.

»Und wenn Theos Vater zwielichtige Typen anheuert, um einen Speicher in Brand und das Leben Hunderter Möwen aufs Spiel zu setzen, was ist dann schon der Mord an einem einzelnen Bauern?«, beende ich meine Erzählung.

Im Stall hätte man eine Fliege furzen hören können, als Bob mein ganzes Indizienkonstrukt mit nur einem Satz in sich zusammenstürzen lässt.

26

Nach dem Brand im alten Hafenspeicher treffen sich Mathijes, der Bürgermeister, ein Vertreter des Bauamtes sowie ein Feuerwehrhauptmann am Nachmittag zu einer örtlichen Begehung, um den entstandenen Schaden an dem denkmalgeschützten Bau zu begutachten.

Mathijes wird von seiner blonden Assistentin, Frau Kats, begleitet und erscheint im Nadelstreifenanzug. Als Geschäftsmann legt er großen Wert auf ein tadelloses Äußeres.

Die Feuerwehr hat aus Gründen der Einsturzgefahr nur einen kleinen Bereich im Erdgeschoss zum Betreten freigegeben.

»Brandursache war höchstwahrscheinlich eine achtlos in den Müllcontainer geworfene brennende Zigarette«, klärt der Feuerwehrhauptmann die kleine Gruppe auf.

»Tja, Rauchen ist gefährlich!« Mathijes kann sich ein sarkastisches Lächeln nicht verkneifen.

Die Kats ist sich nicht hundertprozentig sicher, traut ihrem Chef aber solche Mittel zu. Aus Angst um ihren Job schweigt sie lieber. Sie war gestern kurz vorm Rauswurf, und nur dank der großherzigen Geste von Theo hat sie den Job noch.

Sie hatte Theo gestern Nacht ins Krankenhaus begleitet und war erst gegangen, als der Stationsarzt Entwarnung gegeben hatte. Der rothaarige Punk leidet unter Asthma, und dieser Anfall war gerade noch einmal glimpflich ausgegangen.

»Die Frage, die Herr Mathijes hier zu Recht stellt…«, quasselt der Kerl vom Bauamt, der eine Aktentasche trägt, die eher zu einer Frau passt, »… ist, ist dieses Gebäude noch zu retten oder aufgrund der Brandschäden abbruchreif?«

Mathijes nickt zustimmend.

»So wie sich uns die Situation heute darstellt, ist das Gebäude eine Gefahr für den Hafen und sollte abgerissen werden«, gibt der Feuerwehrhauptmann zum Besten und zeigt fachmännisch auf etliche verkohlte Balken, die dem Gewicht der darüber liegenden Stockwerke nicht mehr standhalten können.

Mathijes reibt sich innerlich die Hände und überschlägt schon mal den Gewinn. Das wäre sein berühmter Sechser im Lotto. Und der war dringend nötig, denn die Banken haben mittlerweile auf allem die Hand, und lange würde er nicht mehr fähig sein, seine Außenstände zu bedienen und sein Geschäft aufrechtzuerhalten. Seit Monaten arbeitete er wegen des drohenden Konkurses daran, seine Schäfchen ins Trockene zu bringen. Mit diesem Coup allerdings wäre er aus allem raus.

Der Bürgermeister stolziert wie ein Storch durch die herumliegenden Holztrümmer, um seine Schuhe nicht zu beschmutzen. Er sieht nach oben, bleibt stehen und glotzt, während die kleine Gruppe weitergeht.

»Hier sitzen jede Menge Möwen herum«, sagt er staunend.

»Die sind doch hier überall im Hafen!«, antwortet der Feuerwehrhauptmann und winkt ab.

»Nicht solche Möwen!« Der Bürgermeister ist beunruhigt.

»Also, wenn Sie mich fragen, sollten wir hier lieber verschwinden!« Er achtet jetzt nicht auf seine Schuhe, sondern bewegt sich zügig zum Ausgang.

»Ach, papperlapapp. Möwen sind Möwen!«, ruft Mathijes.

»Aber seit wann tragen Möwen eine Kriegsbemalung?« Auch der Kerl vom Bauamt hat die seltsamen Vögel gesehen und beschleunigt seinen Schritt, als ein Geräusch wie ein hustender Hubschrauber durch den Speicher dröhnt.

500 Möwen sitzen oben im Gebälk und lassen Mathijes nicht aus den Augen. Der Erzfeind ist in ihrem Territorium. Das hier ist ihr Schlachtfeld. Der smarte Immobilienhai hätte sich nicht hierherwagen sollen. Über ihre Schnäbel laufen rußgeschwärzte Streifen, und auch um die Augen herum haben sie sich mit schwarzer Kohle angemalt, was ihren Köpfen einen bedrohlichen Totenschädelausdruck verleiht.

»Auf euch wartet die Unsterblichkeit. Holt sie euch ... sie gehört euch!«, brüllt der Don ein Filmzitat aus »Troja«.

Ein paar hundert Möwen stürzen gleichzeitig auf die kleine Gruppe herab. Das Gekreische klingt nach einem entgleisten Zug. Von oben aus dem vierten Stock beobachtet der Don das Geschehen und führt seine Truppen in die Schlacht. Die Möwenschar ist in vier Bataillone eingeteilt. Zwei kommen über die Flügel und versuchen, dem Erzfeind Mathijes den Weg abzuschneiden, eins schießt direkt in die Mitte, um ihn von der Gruppe zu trennen, und das vierte wartet geduldig auf seinen Einsatz.

Unten im Erdgeschoss schießen Aberhunderte von Möwen kreuz und quer umher. Flatternd und kreischend kreisen sie über den Köpfen der ungebetenen Besucher.

Die Kats schreit und denkt an den gestrigen Abend, als sie diese Hamsterratte auf dem Motorrad gesehen hat. Panisch rennt sie hinaus und wird dabei von dem Feuerwehrhauptmann gestützt. Mit einem Arm versucht er verzweifelt, sich gegen die Schar zu erwehren. Er hat in jungen Jahren mal Hitchcocks »Vögel« gesehen und fühlt sich stark daran erinnert.

Der Bauamtskerl mit der Aktentasche schüttet hektisch deren Inhalt auf dem Boden aus und stülpt sie sich verkehrt herum über den Kopf. Das schützt ihn zwar vor den scharfen Schnäbeln und Krallen, aber durch die fehlende Sicht rennt er gegen einen Pfosten, bricht zusammen und bleibt bewusstlos liegen.

Mathijes versucht, den Hintereingang zu erreichen, wird aber von einer Schar aggressiver Möwen zurückgedrängt und entscheidet sich, den Weg zum Haupteingang einzuschlagen. Sein Nadelstreifenanzug ist mittlerweile voller Möwenschiss. Sein Haar liegt wirr um seinen Kopf. Gehetzt und zuckend wie ein Huhn, das Körner pickt, blickt er sich um.

Der Bürgermeister holt aus seiner Tasche die Stulle, die ihm seine Frau heute Morgen geschmiert hat. Er reißt die Tupperdose auf und hält sie in die Höhe. Sozusagen als Opfergabe.

»Herr, mögen die Möwen mich verschonen!«, schickt er ein Stoßgebet zum Himmel.

Doch sein Gebet bleibt irgendwo im verkohlten Gebälk zwischen den Stockwerken hängen. Er kniet nieder, fällt gegen einen verkohlten Pfosten, der einknickt wie ein Verräter. Eine alte Lehmmauer bricht über ihm zusammen.

Von oben beobachtet der Don die Schlacht und lässt seinen Erzfeind nicht eine Sekunde aus den Augen. Mathijes hetzt quer durch die kleine Eingangshalle, springt über herumliegende Trümmerteile, versucht, diesem unbegreiflichen Wahnsinn zu entkommen. Er stolpert. Stürzt. Verletzt sich am Knie.

Draußen bemüht sich der Feuerwehrhauptmann, zurück in das Gebäude zu gelangen, aber eine Schar wild kreischender Möwen versperrt ihm den Weg.

Mathijes rappelt sich wieder auf, humpelt Richtung Ausgang, als eine Hundertschaft Möwen wie ein Wasserfall auf ihn niederstürzt. Er wird von dieser Armada mit der Wucht einer Schrottpresse niedergezwungen. Der Immobilienhai liegt am Boden, wälzt sich im Ruß, versucht vergeblich aufzustehen und bleibt schließlich erschöpft auf dem Rücken liegen.

Von oben löst sich ein Punkt und kommt schnell näher.

Mathijes blinzelt, traut seinen Augen kaum. Der Don stürzt auf ihn herab. Durch den fehlenden halben Flügel trudelt die truthahngroße Möwe wie ein schlecht gefalteter Papierflieger. Augen und Nase mit schwarzem Ruß ummalt, erweckt der Pate den Eindruck eines fliegenden Truthahnzombies.

Mathijes hält sich schützend die Arme vors Gesicht, als der Don auf seiner Brust landet. Das Gewicht der Möwe drückt auf seine Lungen.

»Yippie-Yah-Yeah, Schweinebacke!«, kreischt der Don, und Mathijes wird kreidebleich vor Schreck. Binnen Sekunden ergraut sein Haar, und er fühlt sich um Jahre gealtert.

»Wer? Was?«, stottert er. »Was bist du?«

»Ich bin nur die Fliege im Honig, Jack. Der Knüppel zwischen deinen Beinen. Der Tritt in deinen Arsch.«

Der Don hat die »Stirb Langsam«-Platte 1 bis 5 aufgelegt.

Mathijes pinkelt sich vor Angst an.

Der Feuerwehrhauptmann hat in der Zwischenzeit einen Fünf-Kilogramm-Feuerlöscher aus seinem Wagen geholt. Der erweist sich als wirkungsvolle Waffe gegen die Biester. Der weiße Löschschaum verklebt das Möwengefieder. Sie fallen wie gebratene Tauben vom Himmel. Er betritt endlich die kleine Eingangshalle und findet Mathijes am Boden liegend. Was er sieht, kann er nicht glauben, er schüttelt die Bilder aus seinem Kopf und sieht noch einmal hin. Es stimmt. Eine Riesenmöwe sitzt auf Mathijes' Brust und drückt ihm einen kleinen Flakon in die Nase. Dann hält sie mit ihren großen Schwingen seinen Mund zu, und ein Dutzend Möwen rast im Sturzflug direkt in den Schritt des Immobilienhais.

Er krümmt sich, bäumt sich vor Schmerzen auf und holt tief Luft. Durch die Nase, denn der Mund ist vom Flügel verschlossen.

Der Abflussreiniger schießt durch die Nasenschleimhäute direkt in die Blutbahn. Aus den Augen spritzen Tränen wie aus einem Gartenschlauch. In seinem Hirn regieren jetzt Meister Proper und Co. Das ist der Moment für Theodor Mathijes senior, in dem die Türen in ein anderes Universum aufgestoßen werden, aus dem es für ihn keine Rückkehr mehr geben wird.

27

»Bist du dir ganz sicher, Bob?«, frage ich fassungslos, da sich das Motiv und die Beweiskette schlagartig in nichts aufgelöst haben.

»Hör mal, ich hab nur meine Eier verloren, nicht meine Ohren«, erwidert der Hofhund beleidigt.

»Was genau hat der Bauer denn zum Tierarzt gesagt?«

»Er hat zu diesem Halsabschneider ...«

»Der ist wohl eher ein Eierabschneider!«, kichert Whisky hinter vorgehaltener Pfote.

»Ich werd dir gleich ...«

Bob wird von mir unterbrochen. »Könnten wir uns hier bitte konzentrieren!«, rufe ich entnervt dazwischen. »Das ist wichtig!«

»Als ob Eier nicht wichtig wären.« Der Kater will unbedingt das letzte Wort haben.

»Also?«, frage ich Bob erneut.

»Er hat wirklich zum Tierarzt gesagt, dass der Hof verkauft ist und ab nächsten Monat hier die Bagger kommen und alles niederreißen.«

Ein Aufschrei geht durch den Stall, und im nächsten Moment brüllt, quasselt, ruft, kreischt und gackert alles wild durcheinander. Ein Kreuzworträtsel an Sätzen, die sich vor meinem Gehör auftürmen. Ich versteh kein Wort. Weder senkrecht noch waagerecht.

»RUHE!«, brülle ich. Nur langsam kriegen sich die Stallbewohner wieder ein.

Jetzt muss ich diese Information erst einmal verarbeiten, meine Gedanken sortieren und versuchen, das alles zu bewerten.

»Hat er noch irgendwas gesagt?«

»Nee, er will nur einen sauberen Schnitt machen, bevor er den Hof aufgibt.«

»Na, einen klaren Schnitt hat er ja gemacht!«, lacht Pedro und schaukelt demonstrativ seine Bullenhoden.

»Haha, du wärst der Nächste gewesen, hat er gesagt!«

Bei dem Gedanken daran kneift Pedro augenblicklich die Hinterläufe etwas zusammen.

»Und?«, frage ich neugierig.

»Viel mehr hab ich nicht mitbekommen, diese verdammten Spritzen wirken schnell.« Bob macht ein nachdenkliches Gesicht – die Erinnerung an die Spritze und die darauffolgende Kastration würde er sich lieber ersparen.

»Dann stehen wir mit dem Mord an dem Bauern wieder ganz am Anfang«, schüttle ich resigniert den Kopf. Irgendetwas muss ich übersehen haben.

»Heißt das, wir müssen hier ausziehen?«, fragt Vollekanne verdutzt.

»Ich fürchte, ja!«, murmele ich in Gedanken. Es wurmt mich, dass ich mit meiner Theorie so falschgelegen habe.

»Und wohin?«, fragt sie erneut.

»Wohin wohl?«, antwortet Whisky honigsüß. »Ins Schlachthaus natürlich!«

Ich überlasse das Stallgespräch erst einmal sich selbst und gehe meinen eigenen Gedanken nach. Keine Frage, es gibt wichtigere Dinge für die Kühe, als zu wissen, wer den Bauern umgebracht hat. Im Grunde genommen geht's jetzt um die Wurst. Das sollte ich vor den Schweinen lieber nicht so sagen. Also ums nackte Überleben. Der Hof ist verkauft, und hier wird ab nächsten Monat eine Feriensiedlung entstehen. Je länger ich über die Konsequenzen für uns Bewohner nachdenke, desto weiter rückt der Mordfall in die zweite Reihe. Wir Ratten werden neue Rattenlöcher finden, zur Not auch irgendwo in der Feriensiedlung. Der Kater wird klarkommen, aber bei Bob sieht das schon anders aus. Der landet wahrscheinlich im Tierheim, und der Rest wird mit vergitterten Lastwagen abgeholt. Ohne Rückfahrkarte.

Nach dem ersten Aufschrei wird es ruhig im Stall. Die Angst vorm Schlachter sperrt die Türen für alle möglichen Ängste auf. Jeder starrt geschockt vor sich hin. Ich glaube, das nennt sich Massenmelancholie.

»Ich wünsche dem Bauern die Pest an den Hals!«, sagt Vollekanne.

28

Es ist ein Donnerstag, und die Sonne hat sich über dem Salzhaff durch den Morgennebel gekämpft. Noch hat sie keine Kraft, aber man erahnt bereits, welch heißer Tag es werden wird.

Es ist der Monatserste.

In den letzten zwei Wochen ist nichts Außergewöhnliches geschehen. Bis auf Martens hat sich im Stall niemand blicken lassen, und der hat nur Dienst nach Vorschrift gemacht. Kühe gemolken und ein bisschen mit der Heugabel herumgestochert. Die Stimmung auf dem Hof hat sich verändert. Es gibt keinen Wettstreit mehr, wer die meiste Milch gibt. Pedro verzieht sich tagsüber irgendwo weit nach draußen auf die Weide, um nicht im Stall zu sein, falls jemand kommt. Die Hühner legen keine Eier mehr. Kein Schwein lässt sich sehen, und selbst der Kater lässt die Elster alles klauen, was glänzt und nicht angebunden oder angenagelt ist. Einzig das weiße Huhn läuft grübelnd und vor sich hin murmelnd umher. Irgendwas wollte es doch noch sagen.

»Für was mache ich hier noch sauber? Ihr geht doch eh

alle zum Schlachter«, hat man Martens öfters grummeln hören.

Ich habe das Gefühl, dass Martens dem Hof nachtrauert. Mit dem Mord am Bauern hat er mit an Sicherheit grenzender Wahrscheinlichkeit nichts zu tun.

Obwohl ich nicht mehr ausschließlich daran denke, lässt mich dieser ungelöste Fall nicht los. Die Bäuerin ist vor einer Woche ausgezogen. Sie hat es nicht einmal für nötig gehalten, ihre Möbel mitzunehmen, geschweige denn, sich im Stall zu verabschieden. Nicht mal einen Blick hat sie zurückgeworfen, als sie mit dem Taxi davonfuhr. Drei Koffer. Das war alles, was sie mitgenommen hat. Drei Koffer und ein dickes Bankkonto. Es stimmt mich traurig zu wissen, dass diese drei Koffer alles sind, was vom Hof in irgendeiner Form übrig bleibt.

Wenn erst mal die Bagger da sind, wird hier alles platt gewalzt. Mein Rattenloch ebenfalls. Am härtesten wird es die Kühe und Schweine treffen. Pedro habe ich seit Tagen nicht mehr gesehen. Er wird irgendwo auf den weiten Salzwiesen seine letzten Stunden verbringen.

Ich zermartere mir ununterbrochen das Hirn, wie ich das Unvermeidliche noch abwenden könnte, muss mir letzten Endes aber eingestehen, dass ich doch nur eine kleine Ratte bin. Kein ADAC-Pannenfahrer, kein Privatdetektiv, kein Einbrecher. Ich bin ja nicht einmal ein richtiger Möwenbändiger. Alles nur gespielt. Alles Fake.

Okay, ich bin zumindest kein Hamster, das ist immerhin etwas.

Wir alle werden jäh aus den Gedanken gerissen, als zwei

alte Transporter auf den Hof fahren. Ihre Bremsen jaulen wie eine heisere Nachtigall. Niemand traut sich zu atmen. Alle verharren mitten in der Bewegung. Die Stunde null ist gekommen.

Ich sehe, wie Vollekannes Maul zittert. Gerade jetzt empfinde ich eine tiefe Liebe zu den Kühen. Sie sind zwar nicht die hellsten Kerzen im Kronleuchter, aber immer friedlich, naiv und freundlich. Ich erinnere mich an die sanften Blicke, wenn sie sich ins Gras legen und anfangen wiederzukäuen. Ein Kuhgesicht ist der Inbegriff von Glück. All das endet jetzt und heute.

Bob verkriecht sich in eine dunkle Ecke, zieht den Schwanz ein und wartet. Normalerweise ist er nicht zu halten, wenn jemand den Hof betritt, aber auch er kennt heute die Devise. Nicht auffallen. Nur nicht auffallen, dann lebt man vielleicht noch einen Augenblick länger.

Niemand möchte der Erste sein. Oder die Erste.

Aus dem vorderen Lastwagen steigen drei kräftige Kerle in blauen Latzhosen aus. Sie zünden sich erst mal genüsslich eine Zigarette an und sehen sich um. Keiner von denen macht den Eindruck, als hätte er ein schlechtes Gewissen. Alle Schlachter und Tiertransporteure müssen das schlechte Gewissen mit irgendeinem Trick gelöscht haben. Aber irgendwo auf der Festplatte ist das schlechte Gewissen noch existent, und irgendwann braucht jedes System ein Back-up, und dann kommt es mit allen Daten zurück auf den Schirm. Davon bin ich überzeugt.

Nur nützt das meinen Kühen nichts mehr. Ängstlich

drücken sie sich in die hintersten Ecken im Stall. Aus dem anderen Lkw springt eine Frau. Blonde Haare, Jeans, Cowboystiefel und Lederjacke. Das ist ja mal wieder klar, denke ich, als ich sie erkenne.

Die Kats. Natürlich! Warum auch nicht? Sie ist die Assistentin von Mathijes und als solche wahrscheinlich auf vielen Baustellenprojekten anwesend. Mir kommt der Wachmann Robert in den Sinn. Ja, ich habe ihn besiegt, aber wofür? Letztendlich habe ich verloren. Auf ganzer Linie.

Hinter der Kats trottet in gebeugtem und federndem Gang ein Rotschopf, nimmt sie an der Hand, und beide schauen sich um.

Theo!

»Verräter!«, schreie ich und stürze mich auf die beiden. »Verräter. Elender Verräter!«

Ich höre mich wahrscheinlich an wie eine dieser Bullterriermöwen, aber in mir entlädt sich gerade all die aufgestaute Wut, der ganze Frust der letzten Wochen. Wie kann Theo es nur wagen, seinem Vater in dieser Sache zu helfen!

Ich sprinte wutentbrannt sein Hosenbein hinauf und schreie aus vollem Halse »GERONIMO«. Dann kralle ich mich an seiner Jacke fest, hangle mich über den Kragen hoch und stehe vor seinem Ohr. Bevor ich zubeiße, entweicht meiner Kehle erneut ein verächtliches »Verräter!« Dann schlagen sich meine Vorderzähne in sein Ohrläppchen.

Theo schreit auf, versucht, mich wegzuhauen. Viel zu viel Blut verteilt sich über Hals und Jacke. Dass ein Ohrläppchen so blutet, wusste ich nicht, aber umso besser! Das wird ihm eine Lehre sein!

»Hör auf, ich bin's doch!«

»Ich weiß!«, brülle ich und will erneut zubeißen, als die Kats meinen Rattenschwanz zu fassen bekommt, mich von Theos Ohr wegreißt und hoch in der Luft kopfüber baumeln lässt. Sie legt den Kopf leicht schräg und sieht mich an. »Für eine Ratte zu klein, aber für einen Hamster zu groß!«

29

Eine Stunde später denke ich mit Stolz an den Don. Er hat also doch noch Rache nehmen können.

Theos Vater ist seit dem Ereignis im Speicher in der Nervenheilanstalt. Er ist auf Monate außer Gefecht gesetzt.

»Von dem Trip ist er nicht wieder runtergekommen!«, sagt Theo.

Der Betrieb wurde eingestellt, und die Banken haben alle Kredite gekündigt. Auch das Elternhaus des Punks kommt unter den Hammer. Theo erzählt das alles ohne Wehmut oder Trauer. Als Assistentin hat die Kats von dem Trick, den Theos Vater beim Kauf des Breitlinghofes angewendet hatte, gewusst.

Er hatte den Hof im Namen seines Sohnes gekauft, um dieses Projekt vor dem Zugriff der Banken zu schützen. Die Ferienhaussiedlung wollte er zur Sanierung seines maroden Unternehmens nutzen.

»Nachdem mein Vater auf unbestimmte Zeit Patient des Sanatoriums bleibt und ich der rechtmäßige Besitzer dieses Hofes bin ...«

Theo sieht mich freundschaftlich an »... wollte ich ...«, er sieht die Kats mit verliebten Augen an, »... wollten wir ...«, korrigiert er sich, »... wollen wir Milchbauern werden!«

Nur langsam begreife ich, was das bedeutet.

Keine Kuh muss zum Schlachter, kein Schwein wird zu Wurst verarbeitet. Bob muss nicht ins Tierheim. Mein Rattenloch bleibt für lange Zeit mein Zuhause. Die Hühner dürfen wieder herumpicken und sich vom Hahn begatten lassen, und Pedro behält seine Eier.

Zögerlich, aber neugierig wie Katzenbabys kommen die Stallbewohner nach und nach aus ihren Verstecken und nehmen die Witterung von Theo und der Kats auf, während die drei kräftigen Kerle die Möbel aus den Transportern ins Bauernhaus tragen.

Wir haben ein neues Bauernpaar auf dem Hof, dem Mathijes-Hof.

...

In den Tagen darauf arbeiten sich die beiden sehr gut ein, und jedes Tier, ob groß oder klein, fasst Vertrauen zu ihnen.

Es geht das Gerücht, dass ich ganz allein den Hof gerettet habe. Für die Kühe und all die, die sich im Stall versteckt hatten, sah es aus, als hätte ich mich todesmutig den Feinden in den Weg gestellt, zum Angriff geblasen und den neuen Bauern fast zu Tode gebissen.

»Das Blut spritzte nur so!«, erzählt Vollekanne gerne die Anekdote.

Ich stimme dem nie zu, rücke die Geschichte aber auch

nicht ins rechte Licht. Sollen die doch denken, ich sei ihr Retter. Alles Fake, aber es tut gut.

• • •

Theo und die Kats erweisen sich als echter Glücksfall für den Hof, und während ich in der Nachmittagssonne vor meinem Rattenloch eine Schüssel Zitronenmousse ausschlecke, kommt das weiße Huhn auf mich zu und kratzt sich am Kopf.

Als ich grüßen will, ruft es energisch: »Sag jetzt bloß nichts, sonst vergesse ich wieder, was ich sagen will.«

»Schon gut«, murmele ich entschuldigend.

»In der Nacht, als Bob kastriert wurde, da lauschte Dickeberta der Unterhaltung zwischen dem Tierarzt und dem Bauern.«

»Du meinst, sie wusste davon?«, frage ich erstaunt.

»Ruhe!«, schreit das Huhn. »Ich bin gerade mitten im Erzählfluss.« Es dreht kurz seinen schmalen Hühnerkopf, sieht ein Korn im Stroh, schüttelt sich und zwingt sich fortzufahren.

»Als der Bauer dann nachts besoffen in den Stall kam und mit der Bullenpeitsche ein paarmal ausholte und vor Dickeberta gehässig tönte, dass ihr Latin Lover Pedro ab morgen ein Latin Eunuch sein wird ...«

Das Huhn legt eine Pause ein und starrt sehnsuchtsvoll auf das Korn im Stroh.

»Vergiss das Korn!«, schreie ich. »Was dann?«

»Nichts dann. Dickeberta holte mit dem Hinterlauf aus und versetzte dem Bauern einen kräftigen Tritt, und der …«

»… Bauer wurde im hohen Bogen gegen den Pfosten geschleudert«, vervollständige ich den Satz.

Das Huhn nickt. »Sie hat einen kräftigen Tritt, alle Achtung.«

»Ja, das ist sie, eine kräftige Kuh!«, sage ich, und alles ergibt plötzlich einen Sinn.

»Tja, die Milch macht's!«, sagt das Huhn und wendet sich nun endlich dem Korn auf dem Boden zu.

Was hatte Dickeberta noch gesagt, als Bob meinte, Pedro wäre der Nächste gewesen?

»Aber da hat er die Rechnung ohne mich gemacht!«

Im Grunde genommen war das ein Geständnis gewesen. Ich schüttle den Kopf und lache in mich hinein. Ich werde das für mich behalten, denke ich, und tief in mir drin brülle ich ein abschließendes

»GERONIMO!«.

Jetzt bin ich endgültig kein Pannenfahrer mehr, sondern Kommissar. Kommissar Ratte.

Epilog

In einem ungemütlich beleuchteten Behandlungszimmer des Krankenhauses in Wismar ruft der Chefarzt einen seiner Assistenzärzte zu sich. Vor sich eine Patientenakte.

»Der Patient von 413, dieser Zwitschke ...«, der Chefarzt schaut auf die Röntgenaufnahmen, »... hat kein Magengeschwür. Der hat einen Hamster gefressen!«

Danksagung

Ich freue mich sehr, dass meine Lieblingsbäuerin mir den Milchviehstall gezeigt und mich so überhaupt auf die Geschichte gebracht hat.

Dankbar habe ich beim Schreiben des Romans den Ausblick von der Terrasse meines Hauses auf das Salzhaff genossen, und welch glückliche Fügung, dass sich meine Lieblingslehrerin Marion der ersten Manuskriptfassung angenommen hat.

Außerdem muss ich meinem Freund Willi danken, dessen früherer Einfluss sich maßgeblich auf meinen verschrobenen Humor ausgewirkt hat. Ich bin mir nicht sicher, ob das nun gut oder schlecht ist, aber ich genieße es.

Ganz besonders jedoch danke ich meiner Sabine, die die Geschichte gefühlt hundert Mal lesen musste. Sie ist nur ganz knapp einem Hamstertrauma entkommen.

Und zu guter Letzt danke ich Ihnen, den Lesern, die einem Buch erst einen Sinn geben.

Danke

Geschichten aus dem Beutel

»Ich bin ein Känguru – und Marc-Uwe ist mein Mitbewohner und Chronist. Nur manches, was er über mich erzählt, stimmt. Zum Beispiel, dass ich mal beim Vietcong war. Das Allermeiste jedoch ist übertrieben, verdreht oder gelogen! Aber ich darf nicht meckern. Wir gehen zusammen essen und ins Kino, und ich muss nix bezahlen.«
Mal bissig, mal verschroben, dann wieder liebevoll ironisch wird der Alltag eines ungewöhnlichen Duos beleuchtet. Völlig absurd und ein großer Lesespaß.

»donnernd komisch!« Der Spiegel

Marc-Uwe Kling

Die Känguru-Chroniken

Ansichten eines vorlauten Beuteltiers

Taschenbuch
Auch als E-Book erhältlich
www.ullstein-buchverlage.de